文春文庫

祐介・字慰

尾崎世界観

文藝春秋

目次

祐介・字慰

祐介

1

子供のころ、父はよく動物園へ連れて行ってくれた。駅からの長い距離を動物園に向かってひたすら歩いていく途中に、住居を改築して造られた個人商店が一軒あって、必ずそこへ寄った。

散々迷って、ひとつだけという約束で選んだ菓子を手にとるころには、父も姉も刺すようにこっちを睨《にら》みつけている。吹き出した手汗を選んだものとは別の、まだ陳列されている商品の箱にこすりつけた。すると今度は店の奥の方で、さっきまで呆《ほう》けた顔をしてテレビを見ていたはずの店主が、父と姉とおなじように物凄い形相《ぎょうそう》でこっちを睨みつけている。またすぐに吹き出した手汗を、仕方なく今度は手に持っている選んだ商品の箱にこすりつけると、英語で書かれた商品名がにじんで汚れた。そのあとになって、ポケットのなかの、母が持たせてくれたハンカチの存在を思い出した。

反射的に店主の方を睨みつけたけれど、店主はすでに呆けた顔をテレビ画面にもどしている。仕方がなく、行き場をなくした視線を手に持った箱にもどした。

駅から続く気の遠くなるような一本道を歩いていると、雨で濡れた土が運動靴の裏にはさまって足取りが重くなっていくということとおなじくらいに、前を歩いている姉の存在が鬱陶《うっとう》しくて仕方がなかった。

缶入りコーンスープの最後の最後に残ったいくつかのコーン。アルミの裏側でいつまでも確かな気配だけを発しながら留まっているアレ。常に自分の感情を押し込めながらも、決して隠すことなく微《かす》かに臭わせて動くこの塊が、視界に入ってくるということ自体が気に入らない。缶に口を押し当てて、どんな工夫を凝らしてみても一向に落ちてこないそれのように、姉の存在が鬱陶しくて仕方がなかった。

喉《のど》の隙間から漏れる空気に、ハッキリとした意思が引っかかった小さな声がうるさい。忘れたころになって聞こえてくるせいで、そういえばこの人の声はこんなだったな、と思い出してまた気が重くなる。

いつのまにか父を追い越していて、いちばん先に動物園の入口に着いてしまった姉は、券売機の前でじっとうつむいて父を待つ。これから起きるすべてのことを把握した上で、これから起きるすべてのことを待っている。そんな表情で父から受け取った金を、ゆっくりと券売機の硬貨投入口にいれた。

出てくる入場券に印刷された動物の写真はいくつかの種類があって、姉が密かにその入場券を集めていることを知っていた。一瞬悲しそうにくもったその表情で、いま出てきた入場券はすでに姉がもっているものだということがわかった。それと同時に、やけに子供染みたその表情をみて、この人はこうやって子供らしく子供のままで大人に対することができるのだと心の底から安心する。

券売機が吐き出した自分の入場券を取り出す。しばらく眺めてからまだ姉がもっていない動物の写真が印刷されたその入場券を、手のなかで握りつぶした。

閑散とした園内では、足元に落ちているポップコーンの欠片《かけら》やその容器、煙草の吸殻《すいがら》、枯葉や枝、一度雨に濡れてから乾いて地面に張り付いた紙、そんなものばかりが目についた。

様々な動物を見ていると、それぞれに独特な特徴があって、柵の手前にはそれぞれについて書かれた解説のボードが設置されている。解説が必要な程に自分とはかけ離れたその容姿や立ち居振舞いが、日々積み重ねた不安を取り除いていく。目の前のこの生き物が人間ではないという事実に妙なやすらぎを覚える。

それとは真逆の、得体の知れない恐怖に肩を叩かれて恐る恐るゆっくりと振り返る。そこには必ず人間が居て、はっきりと意思をもった言葉で語りかけてくる。特徴がなく、解説も必要ない、そんな人間が発する言葉は確実に自分を追い詰めていく。

気がつけばすこし離れた場所で、父がなにか怒鳴っている声が聞こえる。慌てて駆け寄ると、父の前に立っている若い清掃員の男が、帽子の鍔《つば》で半分隠れた目を剝《む》いた。無理をして生やしたと思われる隙間だらけの無精髭が、幼い自分にとってはやけに高圧的だった。理由が何にせよ、父がこんなものを相手にしているということが恐ろしかった。

男の顔から目を逸《そ》らすと、男が首に巻きつけた白いタオルに付いた汚れが視界に入る。それがそのまま男の活発さを表しているようで、タオルからも目を逸らすと、今度は父の隣で泣いている姉と目が合う。

次第に大きくなっていく姉の泣き声が、父の怒声をかき消していって、それに合わせるように周りに人が集まってきた。この状況を客観的に他人に見られているという羞恥《しゅうち》と安堵《あんど》とが入り混じった感情のせいで、思っていたよりも簡単に泣き出すことができた。

二人分の泣き声でかき消されているのか、父がもう怒鳴るのを止めているのか、いつの間にかもう、泣き声以外の音が消えていた。

子供たちを連れて動物を見に来たはずの父親が、いまでは逆に多くの見物人を集めている。自分では到底《とうてい》理解できないこの状況を、これについて書かれた解説も読まずに、周りに集まった見物人たちは理解できるのだろうか。そんなことを考える暇もなく、姉と二人で泣き続けた。


父が仕事を辞めてから、母は以前にも増して無口になった。

母が掃除をする頻度が減って部屋が散らかっていったことに加えて、父が毎日家に居るということでずいぶん息苦しくなった。

声を失った部屋のなかでは、掛け時計の秒針の音や冷蔵庫のモーター音、通りを走る車の音が鮮明に聞こえてくる。

ある日の学校帰り、テーブルの上で、サランラップが被《かぶ》せてある大き目の皿を見つけた。蛍光灯の下で表面に光の輪を浮かべたサランラップを、そのなかで山盛りになった輪ゴムがいまにも突き破ろうとしていた。まるでインスタントの焼きそばのような姿形をした、大量の輪ゴムを入れた皿の下に紙切れが敷いてある。それには、見慣れた母の丸文字で「レンジで温めて食べるように」と書かれていた。

この家は母の居場所だった。家族が帰ってくるまでの間は母ひとりだけのものだった。毎日決まった時間にすこしずつ母の居場所は無くなっていって、朝になるとまたもどってくる。父が仕事を辞めたことによって、その一切のバランスがくずれた。

リビングでは爆音でテレビが鳴っている。それはもう点いているというよりは、鳴っていると言った方が正しいと思う程の音で、うす暗いリビングと台所を隔《へだ》てるガラス戸に反射する点滅とは無関係に見知らぬ人の声が鳴っている。洗面所からは明かりが漏れていて、断続的に聞こえてくる水を流す音が止まる度に、気配を感じて身体がこわばった。

とつぜんテレビの音が消えて、部屋全体の音がはっきりと聞こえてきた。あのとき、姉が発していた缶入りコーンスープのコーンの気配が、いまは家のなかぜんたいに充満している。ついさっき聞いたばかりの、テレビコマーシャルの専用ダイヤルの下四桁を頭のなかで何度もくり返して、朝がくるのをじっと待った。

その日、姉はとつぜん、リビングでガラスのコップに入れた安い合成酒を飲んでいる父の後頭部を足の裏で押し付けるようにして蹴《け》った。いちど、恐る恐る何かを確かめるようにして足の裏を父の後頭部に押し当てたあと、もういちど今度は後頭部を力いっぱい蹴りつける。あまりにとつぜんの出来事で、父が口から吐きだしたカッという音が辺りに響いただけでは、すぐに状況を把握《はあく》することができなかった。

ガラスのふちで歯を打ったのか、父が手に持つコップのなかの透明の液体が、ゆっくりと赤くなっていく。しばらくするとコップの中身は真っ赤になった。怖くなって、すぐにコップから目を離す。それでもまだ、母は食い入るように父の方を見つめていて、くちゃくちゃと音を立てながら、口のなかに溜まっていた何かをゆっくりと飲み込んだ。

その日から、家族はそれぞれ家のなかで居場所を見つけた。暴力を振るう者と、暴力を振るわれる者、そしてその暴力を見ている者。それぞれがそれぞれの役割をもって存在するようになった。

ひとり取り残されて、家のなかでは以前にも増して息苦しくなった。あの日、とつぜん割り振られた役割を手にすることができなかった自分を棚に上げて、すべてのきっかけを作った姉のことを恨む。せまい家のなかで、暴力の臭いや音がすると、怖くてたまらなかったから。自分だけが暴力という乗り物に乗り遅れたまま置き去りにされた悔しさでいっぱいになった。

姉の小さな声を聞くこともなくなった。その声がどんな声だったのかはもうわすれてしまって、ただ小さな声だったということだけしか覚えていない。そしておなじように、父の声も、母の声も、ずいぶん前にわすれていた。ということを思い出した。

＊

そんな話を聞いた。「アルバイト研修センター」での五日間に渡る研修の最終日に、ずっと二人きりで研修を受けてきた、同世代の大学生の男に。ボソボソと低い声を詰まらせながら、彼がしてくれた重たい身の上話。

「温泉に行って、ゆっくり露天風呂に浸かりながら、こっそり持ち込んだ缶ビールを飲む瞬間が最高に幸せ」

大きな声で笑う、口の臭い中年女性。研修センターの講師であるその人が、すべてのプログラムを終えたあと、雑談のなかでそんなことを言った。そんなものとは無縁の世界に住んでいたであろう大学生の男が、困ったような顔で曖昧《あいまい》にうなずく。その横顔をずっと見ていた。

別れ際に、大学生の男は「じゃ、さよなら」と言って駅の改札の方へ歩いて行った。こんなときテレビドラマや映画だったら、見送る相手は人混みに紛《まぎ》れてそのうち見えなくなるものなのに、背の高い大学生の頭はいつまでも人混みから飛び出している。

思いきり鼻をすって吐き出すと、目の前にある手すりの下の部分に、粘り気のある緑色の痰《たん》がベッタリと貼り付いた。どんなに汚いものでも、それが自分のなかから出てきたものだと思ったら妙な愛着が湧いてしまう。しばらく目を離せないでいたけれど、ふと思い出して改札の方を振り返ると、もう大学生の頭は見えなくなっていた。

2

テーブルの上に置かれたガラス製の灰皿から、吸殻《すいがら》特有の嫌な臭いがして、喉の奥が痒《かゆ》くなる。ついさっき、うす暗い更衣室で袖を通したばかりの、泣きたくなる程恥ずかしいうす紫色のウィンドブレーカーに付いたチャックの先端が、首筋に当たってつめたい。

乱暴にドアが開いて、赤いエプロンをつけた体の大きな男が入って来た。目の前のイスに腰をおろして、煙草に火をつけながら灰皿を指差す。慌てて差し出した灰皿に、礼も言わずに無言で灰を落としてから新聞をひろげた。その勢いで灰皿のなかからまたあの嫌な臭いがして、無性に腹が立った。

男を睨みつけることも出来ずに、その丸太のような首のあたりに漂う煙がすこしずつ天井の方へ流れていくのをぼんやり目で追ってみる。これから朝まで、こんなのと一緒に居なくてはならないのかと思うと、気が遠くなった。

煙草を吸い終えるとすぐに出て行ってしまった男と入れ違いに、ビニールが擦《す》れる乾いた音を立てながら、うす紫色のウィンドブレーカーを着たガリガリのオッサンが入ってきた。ひと目で仲間だと感じさせる、強烈な力を持つ、ウィンドブレーカー。

さっきまでの苛立ちと、これからに対する不安でいっぱいのこの状況のなかで、とりあえず自分とおなじ格好をしたガリガリのうす紫を抱きしめたい衝動を必死に抑えた。二着のウィンドブレーカーが、しずまり返った休憩室でカサカサと乾いた音を立てている。

オッサンは「多賀《たか》です、よろしく」と短い自己紹介を終えたあと、手に持っているペットボトルのスポーツドリンクを、熱帯魚の水槽に設置された水中モーターのような音で飲み干した。

「選手って呼んでもいい?」

急にそんなことを言われて驚いて黙っていると、「選手は今日からだよね? ここは大変だよ。忙しいよ。試合だよ。負けられないよ。選手がんばろうね」と言ってニヤニヤしながらレジに入れるトレイに釣り銭を詰めはじめた。

多賀さんは決められた額の釣り銭を詰め終えると、二十時五十五分を指した時計を眺めてから、小型の無線機を差し出した。簡単な使い方を聞いてから休憩室を出ると、長い廊下の先にあるドアから光が漏れている。うす暗い廊下を、レジのトレイをかかえて多賀さんが進んで行く。ためらいもなく、真っ直ぐに歩いていく多賀さんが奥にあるドアの向こうで、光のなかに消えていった。

ひんやりとした空気の鮮魚、精肉のコーナーの隅に置かれた、ボロボロのラジカセからくり返し流れている「土用《どよう》の丑《うし》の日」というフレーズが頭のなかでぐるぐる回る。足元に漂っている冷気と、生肉から漂《ただよ》う微かな生き物の気配が懐かしい。子供のころはここから目をつむっていてもお菓子売り場に行けた。規則正しく並んだ商品棚の間をすり抜けてレジにたどり着くと、多賀さんが、赤いエプロンをつけた女子高生に何度も頭をさげている。

「本日もお疲れ様でした」

多賀さんの声には応えずに、女子高生はレジからトレイを取りだして帰り支度をはじめた。胸元に差してあるボールペンの先に付いたマスコットキャラクターが揺れる度に小さな鈴の音がして、まるでそれが就業の合図のように聞こえた。

高校を卒業してすぐに就職した製本会社を、入社してから一年足らずで辞めたのが四ヶ月前。金が無くなって風呂なしのアパートの水道が止まってから、トイレの水も流せなくなって、仕方がなく、住人たちが共用で洗濯物を干している屋上の隅で小便をするようになった。ある日、いつものように頭を屈《かが》めて物干し竿を避けながら小便をしていると、アパートの大家の甲高い声がした。

「そんな野良猫みたいな真似して」

大きな声で喚《わめ》くと、大家は潰《つぶ》れた深海魚みたいな形相《ぎょうそう》で詰め寄ってくる。今すぐにアパートを出ていくか、業者に頼む清掃の費用を払うか、どちらかを迫られた末に泣く泣く清掃費の方を選んだ。そのことを伝えに大家の部屋へ行った帰り、住人の郵便受けが集まった場所の前で立ち止まって、あらかじめ用意していた小便を入れた五百ミリリットルのペットボトルのフタを開けて、大家の家の郵便受けに中身をながし込む。郵便受けをすこしだけ開けてなかを覗《のぞ》くと、濡れた紙のインクの臭いと、小便のアンモニアの臭いが混ざり合って鼻を突いた。まだ半分程中身が残ったペットボトルは、野良猫避《よ》けさながら郵便受けの下に置いて帰った。

そんなことがあったからとは言えず、面接担当の、本社から来たというスーツ姿の男に、「誰とでもスグに打ち解《と》けて、積極的にコミュニケーションを取っていける自分の長所を活かしながら、いろんな人たちと触れ合って、自分自身も成長していけると思ったからです」という嘘の志望動機を伝えた。

3

楽器屋の一角に積み上げられたギター弦《げん》の山から選んだひとつを手にとった。店員がこっちを見ていない隙《すき》を狙って、パッケージの右上に貼ってある切手大のシールを素早く半分めくる。アタリと書いてあればそのままレジへ、ハズレと書いてあれば元にもどしてまた別のものに手を伸ばす。

本来ならば店員がするはずのその作業をこうして自分でやっているのには、何としてでもひとつ分の代金で二つの弦を手に入れなければならないからという理由がある。ライブハウスに払う高額なノルマのせいで、すぐに切れてゴミになるようなものに金をかけている余裕がないし、弦の山からアタリを見つけると楽器屋の店員に復讐しているような気分を味わえるから。

音楽の道を夢なかばで諦《あきら》めた馬鹿。派手な色に染め上げた長髪を束ねて、ドクロの指輪をはめた指を大げさに動かしながら、お年玉でギターを買いに来た高校生を相手にとっておきの勝負フレーズを弾き倒す。そんなことでしか自分の存在意義を見いだせないあいつらが嫌いだ。

でも、弦がひとつ減ったところでアルバイトのあいつらにはなんの危害も加えられない。ということで、今回はいつものようにアタリの弦を持ってレジで会計を終えたあと、店員にギターの試奏がしたいと申し出た。

目についたなかでいちばん値段の高いギターを指定すると、店員は気怠《けだる》そうに飾ってあるギターに手を伸ばす。大切そうに両手でギターを抱えると、「わかってると思うけど、これ高いから絶対に傷つけないでよ」と言ってチューニングをはじめた。

チューニングが正確に出来ているかを確認する体《てい》で、いつもの勝負フレーズタイムがはじまる。そのとき、決まってこの店員は中腰の体勢になった。そこからフレーズが進むに連れてだんだん調子に乗ってくると、和式の便器に糞をするときのように尻を突き出すことも知っていた。

でもこの日に限って、店員が爪弾《つまび》いたのはお洒落なジャズ系のフレーズで、ゆったりとイスに腰掛けて足を組んだままうつむき加減で気持ちよさそうにしている。いつまで経ってもあの体勢にはならない。しびれを切らして、もうすこし激しめのフレーズが聴きたいという旨を伝えた。

得意気にうすら笑いを浮かべた店員がギターのボリュームを上げて、いつものフレーズを弾き始める。フレーズが進むにつれて、イスから立ち上がって中腰の体勢から徐々に尻を突き出しはじめた。弦が食い込んで、指のまわりが白く変色しているのがここからでもよくわかる。

馬にまたがる騎手のように、小刻みに尻を上下させて気持ちよさそうにしている店員。行きつけの楽器屋と引き換えに、尻の割れ目の真ん中から右側にねらいを定めて思いっきり蹴り上げた。

蹴られた衝撃で反射的に指に力が入ったのか、ピュッという間の抜けた音を出したきりギターアンプはしずかになった。

そのまま振り返らずに店を出て、通りを歩きながら、あの間抜けな音を思い出して笑いが止まらなかった。しばらくして、楽器屋に弦をわすれて来たことに気がつく。絶望的な気持ちでその場に立ち尽くしていると、頭のなかでピュッとあのギターの音がして、泣きそうになった。

残念ながら今現在、バンドをやっていて最も手応えを感じるのは、ギターの弦が切れた瞬間だ。不意に加わった力が、張りつめたものを断ち切って確かな感触を手のなかに残す。その度に、「お前、まさか本気でやってないよな?」と言ったいつかの父親の顔を思い出して憂鬱《ゆううつ》な気持ちになる。

今となっては、自分でも本気なのかどうかわからない。気がついたときにはもうあともどり出来ないところまで来ていた。根本から千切れた三弦を何となく指に巻きつけながら、こんなに細くて頼りないものに左右される自分の夢を呪う。

新しい弦に張り替えている間、しずまり返ったスタジオ内でベースの奥山《おくやま》が地べたに座り込んであくびをしている。奥山が手にしているベースには、しっかりと四本の弦が張ってある。ギターの弦と比べると何倍も太いベースの弦が切れることは滅多にない。奥山は節約の為に、使い古したベースの弦を鍋で煮る。そうすることで弦に付着した皮脂が取れて音がもとにもどるらしい。

ドラムの西山《にしやま》は、ドラムセットを前にして何か考えこんでいるフリをしている。これは極力ドラムを叩きたくない西山がよく使う手だ。絶対にドラムスティックを折りたくない西山は、スタジオで練習をしているときは小さな音でしかドラムを叩かない。そのせいでリズムの輪郭がボヤけてどんどん演奏がズレていく。

ようやく張り終えた真新しい三弦が六本の弦のなかで不自然に光っていて、おろしたての運動靴に感じるのとおなじような気恥ずかしさがこみ上げる。スタジオ代がもったいないと二人に急《せ》かされて、慌てて演奏をはじめた。

張りたての三弦のチューニングが極端にズレた自分のギターと、古くなって錆《さ》びきった奥山のベースの音。その音のなかに埋もれて微《かす》かに聞こえてくる弱々しい西山のドラム。こんなバンドが売れるわけがないと、投げやりな気持ちで歌った。

4

手書きのアンケート用紙にはいくつかの項目があって、コンビニでコピーしてあらかじめ用意しておいたものをライブ後に配るようにしている。執拗《しつよう》な誘いに愛想を尽かされてライブを重ねる度に友達は減っていく。何気ない用件で電話をしても、明らかに相手がライブの誘いを牽制《けんせい》した声色になった。そうなると、一回のライブでどれだけ新規の連絡先を手に入れられるかが死活問題になってくる。

いちばん下の連絡先の項目が未記入のアンケート用紙はゴミで、そんなゴミに限って「もっと演奏中に目が見えれば気持ちが伝わるはず、まずは前髪を切ろう」などとふざけた意見が書いてある。

ライブ後に楽屋で、もどってきたわずかなアンケート用紙のいちばん下の項目だけに目を通す。数枚をポケットに入れて残りはゴミ箱に捨ててからライブハウスを出た。

アパートに帰って来て、改めてアンケート用紙を読んでみる。一枚だけ、裏面にまで渡ってびっしりと丸文字で好意的なライブの感想が書き込まれているものがあった。

「表だけじゃ収まらないから裏面に続く」という言葉と、丁寧に書き込まれた矢印の記号を見た瞬間、それは確信に変わった。

アンケートのいちばん下、連絡先の項目に書いてあるメールアドレスを、自分の携帯電話の画面に打ち込んでいく。アルファベットで「ねじまき鳥クロニクル」と打ち込むのにはすこし苦労した。

何通かのやりとりのあとで「お酒は甘いカクテルくらいしか飲めないけど、それで大丈夫なら行きたいな」という返信が来た。

改めてアンケート用紙に目をやると、年齢の項目には「17」という数字が書き込まれている。メールのやりとりを終えて、すっかり忘れていた尿意に気がついてトイレへ向かった。和式の便器の前でパンツを下ろすと、性器の先から粘り気のある透明の線が垂《た》れていて、指で触ると冷《ひ》やりとした。

垂れ下がったそれを見つめながら、下腹部に力を入れて小便をしている間もまだ興奮がおさまらなかった。便器の底で泡立った小便をながす為に、レバーに手を掛けてみてもまったく手応えがない。それからすぐに、水道が止まっていたことを思い出した。

待ち合わせ場所に指定した駅の改札の向こうで、アンケートの女が、こっちを見ながら手をふっている。遠目から、その女があらかじめ決めていたラインを上回っているのを確認してから、左手を上げてそれに応えた。

あたりさわりのない会話をしながら、歩いて家の近くのコンビニに寄って、アルコール分三パーセントと書かれた缶入りの酒といくつかの菓子を買った。

会計の最中に、財布のなかに手を入れながら女の方に目をやると、それが当然であるような顔をしてレジの前に置かれた何かのパンフレットをめくっている。

店を出てから礼も言わずに後ろを歩いている女も、指に食い込んだコンビニのビニール袋も、慣れているはずの自分の部屋に続く階段も、すべて鬱陶《うっとう》しく思った。それでも部屋のなかで女と二人きりになると、至近距離で手の届く高さの木にとまっている蟬《せみ》に虫取り網をかぶせるときのような、妙な昂《たか》ぶりを抑えるのに苦労した。

この前のライブの感想を熱っぽく話すアンケートの女に、適当な相槌《あいづち》を打ちながら、甘ったるい缶入りの酒を飲む。話を聞いているうちに、女があの日に対バンしていた面識のないバンドの客であることもわかってずいぶん気が楽になったのと同時に、バンド結成時に決めた「自分達の客に手をだしてはいけない」という規則を思い出した。

続けて飲んでいたせいで、すぐに無くなってしまった缶のプルタブを指先でもてあそんでいると、女の前に置かれた缶が目に入った。自然な動きを意識して、まったく中身が減っていないそれを手にとって口元にもっていく。

アンケートの女はじっとこっちを見ていて、缶に口を付けた瞬間に微《かす》かにうなずいた。受け入れるようなその表情を見て、覚悟を決めた。自然な動きを意識して女の口元に顔を近づける。刺すような痛みを感じてもそれが、勢いあまって女の歯に唇をぶつけたせいだと、すぐにはわからない程に緊張していた。もういちど、今度はゆっくりと顔を近づけて、口のなかに舌を差し入れると、酒に付いていた甘味料の匂いに混じって、微かな血の味がした。

首振りにした扇風機の風が当たるたびに、自分のものではない汗の臭いがして、柑橘《かんきつ》系の制汗スプレーの奥で確かな輪郭をもったそれに反射的に咳込みそうになるのを我慢する。

アンケートの女が着ているブラウスをめくり上げると、しっかりと留められたズボンのボタンに従うように腹周りの贅肉《ぜいにく》がいくつかの段をつくっている。その場しのぎになんとなく手を伸ばしたブラジャーが、思っていたよりも簡単に外れてしまったせいで動揺して、もういちどつけ直そうとしたところで我にかえった。「オッ」と「ウッ」の中間の何とも言えない独特な、イメージとはずいぶんかけ離れた声を漏らしながら、顔をしかめて揺れているアンケートの女。上から見下ろしていると、いま現在身体の一部がつながった状態であるとは思えない程に、遠い存在に感じる。

あの、アンケート用紙の裏面にまで渡ってしつこく感想を書き込んでいたのが、目の前のこの女だとはとうてい思えない。あのとき興奮に隠れて見落としていた、終わりが近づくに連れて確かになっていくこの気持ちを、この女は理解できるだろうか。

相変わらず下で揺れているアンケートの女は、見方によっては、何度もうなずいているようにも見える。こんなどうしようもない状況を認めて、許してくれているようにも思える。そんなことを考えてみたけれど、馬鹿らしくなってすぐに射精した。

アパートから駅まで歩いている途中、公園脇の木が茂った細い路地に差しかかったところで、向こうから一台の自転車が走って来た。充分に距離をとって自転車を避《よ》けたあとに、何かが右手に触れた。すぐにそれが何か気がついて、恐ろしくなった。

すこし汗ばんだ手のひらを、アンケート用紙を裏面にまで渡って埋め尽くした女のカサカサとした指が通り過ぎていく瞬間に、万引きがバレたときのような後ろめたさを感じる。それからしばらくの間、なにも言えずに、アンケートの女と手をつないだまま歩いた。

「今度、またライブ行きますね」と言ってアンケートの女が、駅の改札の向こうで手をふる。それに応えて右手を上げたときに、指先に何か違和感を感じた。アンケートの女と別れて、駅の階段を降りたところで立ち止まる。右手に顔を近づけると、中指の先から、つけっぱなしのピアスにこびりついた皮脂のような強烈な臭いがした。

急いでアパートに帰って、すぐに水道の蛇口をひねる。蛇口からはいつものような手応えはなく、何も出てこない。それからすぐに、水道が止まっていたことを思い出した。

5

出演予定時刻を五分程過ぎて、スタッフの誘導でステージへ向かう。ギターをもってマイクの位置を整えてからスタッフに合図を出すと、ゆっくりとカーテンレールのきしむ音が聞こえる。

うす汚れたコンクリートに落ちた煙草の吸殻が、照明に照らされて色を変えている。すこしずつ、もったいをつけるようにリハーサルで見たままのガランとしたフロアの光景が目の前にひろがった。そのなかにポツポツとまばらに人の足が見えて、それが余計に物悲しさを強調している。

この日の出演は七バンド。楽屋はそれぞれが持ち込んだ楽器やその他の荷物で溢《あふ》れかえっていて、足のふみ場も無い。吸殻の刺さった缶コーヒーから漂う煙が蛍光灯に吸い込まれて消えていく。ここでは誰もが互いを牽制《けんせい》しながら気丈にふるまっている。ドアの向こう、フロアの気配に気がついてしまわないように、大きな声で互いを励ますように会話をしている。

いつも楽屋には妙な連帯感があった。楽屋内のバンドマンとは、たとえその日に会ったばかりでも、ライブハウスに対する被害者意識ですぐに打ち解けることが出来た。すし詰めの楽屋には確かに居場所がある。それでもいつかは時間が来て、順番にステージに吐き出されていく。

いつもと変わらない予想通りの光景が、喉から首にかけての筋肉を必要以上にしめつける。もしかしたら今日こそは、という恥ずかしい期待を慌ててくしゃくしゃに丸めた。フロアには音楽関係者どころか、ほとんど人が居ない。

投げやりな気持ちで間奏のギターを弾いていると視界の先、フロア後方に濃紺の物体がうごめいていてなにか違和感を感じた。目を凝らすとそれは人で、フロアの隅であぐらをかいて真っ黒い顔を飲み物の入ったカップに突っ込んでいる。

顔より小さい紙製のカップはすこしずつ変形していって、なかから透明の液体がこぼれた。長く伸びてところどころ束になった灰色の髪の間から、黒と黄色に変色した歯が暗闇のなかで鈍く光っている。潰れて小さくなったカップのなかから取り出した氷を、口に含んではまたカップのなかにもどすという幼稚な行為をくり返しているアレは、どう見てもホームレスだ。

ライブ後には毎回、精算というものがある。せま苦しいライブハウスの事務所でライブハウスに金を払う。それだけのことなのに、ただ金をもらうのも忍びないということなのか、毎回ライブハウスのブッキングマネージャーと、その日のライブを受けての話し合いがある。

前回の精算のときの、「お前ら三人メンバーが居て、客が三人以上来ないっていうのはあり得ないんだよ。最低限ひとり呼んでみろよ。ひとりも呼べないならホームレスだな。人権無しだから。ひとり呼べば全部で三人だろ？　死ぬ気で音楽やってるなら死ぬ気で見てもらえ。死ぬ気でやってないなら死ね。絶対に客呼べよ」という言葉を思い出した。

ライブ中、後ろを振り返るとドラムの西山が、フロア後方、濃紺の物体をドラムスティックで指してうすら笑いを浮かべている。

西山が二曲目のカウントを叩いて曲がはじまっても、ホームレスは潰れた紙コップの底を見つめたまま、微動だにしない。これで酒が飲めると、チケットと五百円玉を渡して駅前の段ボールの寝床からライブハウスまで連れて来たホームレスの前で、西山がやけくそになって躍動している。

さっきから違和感を感じるホームレスの股間の辺りに目をやると、下着は見当たらず、赤黒い物体がだらしなく飛び出している。大砲の先端を連想させるような、ピンと真っ直ぐに伸びた小さく短いそれと目が合った。

ライブハウスの前でガードレールに腰掛けて、自分の分だけ金を置いて先に帰っていくベースの奥山に舌打ちをしながら、西山が頭を掻《か》きむしっている。終電の時間が迫っているのに精算で払う金が足りなくて「明日朝からバイトなのに帰れない」と小さくつぶやいてうなだれている。

ライブハウスから掛けられたノルマは、一枚千六百円のチケットが三十枚。客が呼べないバンドマンは、自腹でそれを払うことになる。

三人組みのバンドだからノルマは三等分で、今日のライブの動員はバンド全体で二人、それとタダで入って来たホームレス。その分のチケット代を差し引いた四万四千八百円を三人で割ると約一万四千九百三十三円。

この日、ライブハウスから与えられた持ち時間は二十五分。一分につき千七百九十二円、一人頭五百九十七円をライブハウスに支払ったことになる。一回劇場に出てもギャラが五百円だったという、お笑い芸人の下積み時代のエピソードが死ぬ程うらやましい。

金も無いのに煙草を吸いながら発泡酒を飲んでいる西山に、自分の分だけ金を渡した。明日は朝からバイトがあると告げて駅の方へ歩き出すと背後から、「お前夜勤じゃねえか」とつぶやく声が聞こえる。

6

サンドウィッチの透明なフィルムに親指の爪が食い込んで、勢いよくフィルムの内側にひろがった白い物がレタスとハムを汚していく。やわらかな食パンが千切れていく感触を左手の親指で確かめながら、そのほかの商品をレジに通していった。

この店で働きはじめてからずいぶん経って、こうやって感じの悪い客のサンドウィッチに爪を立てる余裕も出てきた。

駅の改札を出てすぐ、高架下にあるこのスーパーは縦長のつくりになっていて、それなりの広さにもかかわらず夜間は二人体制で勤務しなければならない。

仕事帰りのサラリーマン、OLを中心に、終電までの間にとんでもない数の買い物カゴを見ることになる。値引きのステッカーが貼られた惣菜、菓子パン、ペットボトル入りの飲料、牛乳パック、どれも似たような商品の組み合わせだ。

その間、レジに列ができると無線を使ってバックヤードで商品の在庫管理をしている多賀さんを呼ぶことになっている。すがるように無線のボタンを押すと、奥の扉が開いてゆっくりと多賀さんが歩いてくる。子供のころに観たハリウッド映画のサングラスを掛けて手にマシンガンをもった主人公のように、堂々とした佇《たたず》まいで。列をつくる客の冷ややかな視線を感じて無線機のボタンを連打する。その度に多賀さんの無線機からは、電波の途切れる耳障りな音が聞こえた。ようやく状況を把《は》握《あく》した多賀さんが小走りで駆けて来て、慌てて向かいのレジで接客をはじめる。

終電の時間を過ぎたころになるとようやく客足も落ちついて、そのタイミングで休憩をとることになっている。必要なものを買ってから休憩室に向かおうとすると、レジで必ず多賀さんに呼び止められる。

「選手、音楽をやってたらさ、やっぱりメディアに出たいと思うでしょ。でも駄目だよ、あんなのは。糞だよ。権力持ってる偉い奴なんかさ、自分が持ってる権利にいろんな人が頭下げに来るでしょ。そうするとさ、勘違いしちゃうんだよね。どうがんばっても自分がテレビに映るのなんて、犯罪を犯して捕まったときくらいなのにね。選手はその点さ、そんなに顔も良くないし、得することもないからテレビ出なくていいよ。どうする？　生放送で歌詞を間違えたら。そんなの一生の恥だよ。だから出なくていい。むしろ見なくていい。馬鹿らしいよ、テレビなんて。テロップ使ったりして過剰にわかりやすい表現だけを垂れ流してさ、そんなの反吐《へど》が出るよ。反吐ってゲロね。あっ、ごめんね、いま飯買ったばかりなのにね。でもツムジってあるでしょ？　あれって不思議だよね。何かさ、見ると征服した気になるって いうかさ。その人のすべてを自分が管理してる気分になるよね。でもね、小学校の 同級生だった磯山《いそやま》君はツムジが二つあってさ、あれには惑《まど》わされた。あれは簡単に は屈しないぞっていう意思のある格好良いツムジだったな。あっ、話が逸《そ》れたけど 偉い奴なんかさ、入れ替わり立ち替わりいろんな人が頭下げに来るの見ちゃうから。 それで勘違いしちゃう。だからツムジを見てヤラれるんだよ。人はツムジにヤラれ るって、本当にそうだなって思ったよ。この前深夜のテレビ番組で言ってた」

すでに休憩時間の四分の一が過ぎようとしたころ、相槌を打つ暇もない話がすこ し途切れたのを見はからって逃げるように休憩室に向かった。

パイプ椅子に囲まれた、古くなってところどころに傷が目立つ机の上には、小さ なブラウン管のテレビのリモコンが置いてある。ベタついたボタンを押すとギシギ シと音がする。どのボタンもすぐには反応せず、何度か押しているうちに指に不快 な感触が残った。

出来るだけ早く飯を食ったあとは、奥の畳の部屋で横になって過ごす。不気味な ドス黒い染《し》みを避けて寝転んでいると、まるで得体の知れない不安と添い寝してい るようで怖くなる。

一時間はあっという間に過ぎて、実際に一時間に何回「あっ」と言えるだろうとかそんなくだらないことを考えていたら、机の上の無線機が途切れた電波の音を立てた。雑音のなかから、多賀さんの「選手、もう時間だよ」という声がする。

この時間帯になると決まって近所のスナックの店員が青紫色の顔をして肉、野菜等の食材を買いにくる。オーダーを受けてから近所のスーパーで食材の仕入れをして、こだわりの料理を出すスナック。どれだけ飲めばそうなるのか、レジの前に立つ男の口からは、アルコールを通り越してペンキのような臭いがした。

すっかり客足が途絶《とだ》えると、レジ前に設置された棚から女性週刊誌を手にとる。研究を重ねて見つけた防犯カメラの死角で週刊誌を広げると、メガネを掛けた韓国人の男のうす気味悪い笑顔が目についてすぐに閉じた。

それにしても女性週刊誌はやさしい。角が丸みを帯びていて、楽に片手で持てる程に軽い。

それに比べて若者向けのファッション誌は凶器としか思えない。大きくて重くて、片手で持つのにも苦労する。直角に折れたその角を目にするだけで、じっとりと冷や汗が出てくる。あんなのを顔面に打ちつけられたら生命にかかわる。

何日か家に泊めた女がコンビニで買って読んでいたファッション誌を、ほかの女に見つからないように押入れに隠していて、そのことを、後日その女にとがめられたときは恐ろしかった。直角に折れたファッション誌の角はもちろんのこと、数日間家に泊まっただけで、すっかり勘違いしてしまうその女が恐ろしくて仕方がなかった。

深夜二時、すっかりしずまり返った店内。遠くからトラックの気配がする。店内で流れている、調子はずれのシンセサイザーで構成されたJ－POPのインストゥルメンタルをかき消すように、うなるようなトラックのエンジン音が聞こえる。

数分後には、商品がぎゅうぎゅうに押し込まれた大きな台車が店内に並ぶ。朝までに二人で手分けして、大量の商品を棚に押し込んでいく品出しという作業。これがいちばんキツい。歯抜けに並んだ牛乳パックの日付を確認しながら、前に出してわずかに出来たスペースに、むりやり新しい牛乳パックをねじ込んでいく。

冷気で濡れた牛乳パックのブヨブヨしたやわらかい感触に吐き気を催《もよお》しながら、長い時間膝をついておなじ作業をくり返す。棚を隔てて、乳製品の向こう側、練物を両手いっぱいにかかえた多賀さんの息づかいを感じながら。

品出しの合間にふらっとやって来る客は、まるで犯罪者のようなあつかいになる。そうまでしてお前はこんなものが必要なのか。人が一心不乱に品出しをしているのを妨害してまで、お前にはどうしてもこれが必要なのか。と問い詰めたくなる。

品出し中は、そのときの互いの位置がすごく重要だ。客が来たときに、よりレジに近いところで品出しをしている方が接客をすることになっているから、常に互いの位置を探りあっている。

来客を知らせるために店内に響きわたる間の抜けたチャイムの音と、レジからいちばん遠く離れた場所で大量のちくわを両腕に抱えているオッサンに腹を立てながら、小走りでレジに向かう。


帰りの電車は空いているけれど、これから仕事に向かう人々に対する優越感に浸るには体力を消耗し過ぎていて、窓から射《さ》す陽にさえ吐き気がする。

券売機で買ったいちばん安い切符で改札を通って、アパートの最寄り駅に着いた。ホームのゴミ箱に切符を投げ捨ててから階段を上がって、改札の横、事務所の窓から顔を出した駅員に切符を無くしたことを告げる。

どこから乗って来たかという駅員の問いに、隣の駅名を答えてから、いちばん安い切符の代金を払う。運がよければ、「次から気をつけてくださいね」というひと言で、代金を払わずそのまま通れることもあるけれど、この日は運が悪かった。

じっとり汗ばんだ駅員の腕。触れただけで血が吹き出しそうな程、過剰に浮き上がった血管の筋に気をとられていて、いつもとは違う話のながれに気づくのが遅れた。

背の高いギョロッとした目の駅員が、甲高い声で「切符を紛失した場合は規定で、乗車区間に相当する運賃とその二倍の増運賃を支払ってもらうことになっています」と言った。口の中で、反射的に舌が鳴る。

駅員の背後からながれてくる空調のカビ臭い冷気のせいで脇の下と背中から汗が吹き出ているのがわかった。汗の筋を撫《な》でる風がTシャツのなかを通りぬけていく。

金が無い旨を伝えると、駅員はメモ用紙とボールペンを差し出して、「じゃあここに住所氏名と電話番号を書いてください」と言った。

電話番号の「0」と「9」をどっちにでもとれるように、曖昧に乱雑に書いたメモ用紙を見た駅員に「読めないので書き直してください」ともう一枚メモ用紙を差し出される。

今度は左手に目一杯力を入れてボールペンを紙に突きたてるように線を引いていく。メモ用紙に三つ目の穴が開いたのと同時に、駅員が怒りを押し殺した小さな声で「警察呼びましょうか」と言った。そこでようやくあきらめて、三枚目のメモ用紙に、出来るだけ丁寧にしっかりと必要事項を書き込んだ。

アパートのドアを開けると、従順な飼い犬のように熱風が飛びついてくる。頭をなでまわす訳にもいかずその場に立ちすくんでいると、一分も経たないうちに汗が吹き出す。さっきの駅員への苛立《いらだ》ちがまだ収まらずに、そのままアパートを出て近所のレンタルビデオ屋へ。

空調で冷え切った店内の空気をかき分けて、突きあたりいちばん奥の布をめくり上げた。誰もいない、迷路のように入り組んだスペースに設置された棚に、どれも似たような、作品性の無い直接的なパッケージが並んでいる。

このレンタルビデオ屋には、子供のころから通っている。せまいコーナーのなかでも、映画という作品が発しているそれぞれの目的地のようなものを過剰に感じてパッケージの裏面が無限の宇宙のように思える。子供のころからずっとそうだった。そのせいか今まで、散々棚の前で迷ったあげくに、結局なにも借りられずに店をあとにすることが何度もあった。その点、この布の奥には、ひとつの目的地しかない。パッケージを見れば、一瞬でそれを好きか嫌いかがわかってしまう。

ほかに客が居ないのを確認して、棚に並んだＤＶＤとビデオテープのパッケージを手にとって眺めていると、さっきまでの怒りが別の物に形を変えていくのをはっきりと感じた。怒りと性的な衝動は本当によく似ていて、相性が良い。

比較的新しい物が多いＤＶＤのコーナーで、いくつかの候補からさらにしぼった三本のパッケージ。それをいちばん左奥の角、店員が急にはいって来ても死角になる棚の、ちょうど目線の高さに並べる。

このレンタルビデオ屋は、空のパッケージをレジに持って行って、それと照らし合わせて、バックヤードから店員が用意した中身と引き換えるシステムになっている。

レンタルする金が無いときは、こうやって並べたパッケージを手にとって開いてから、手首を返すようにして力を込める。そうすると反動でパッケージの表面のフィルムが浮いて、なかのジャケットが抜き取れる状態になる。

この日もそれを素早く三回くり返して、ＤＶＤ三枚分のジャケットを丸めてズボンのポケットに突っ込んで、ジャケットが無くなったパッケージを、あとでもういちど来たときにすぐにわかるような位置に置いた。

ジャケットにはどれも決まって、表に女優のアップの写真、裏に大まかな作品内容が把握できる場面写真がいくつか載っている。そんな大切なものに、ポケットのなかで折れ目が付かないように、慎重な足どりで店を出た。

アパートの畳に座り込んで、まずは扇風機のスイッチを押した。ベルトをはずしながら、もう片方の手でポケットのなかの三枚のジャケットを素早く畳に並べる。ズボンを脱いだところで気がついて、立ち上がって慌ててトイレットペーパーを取りに行く。

もういちど畳の上に、今度は半身の体勢で寝転がった。すでにトランクスから飛び出している性器を包むような形で、左手の親指と人差し指に力を込めた。四つん這《ば》いの状態で、口に男性器を突っ込まれて涙を流している女の写真を横目に、しっとりと重くなったトイレットペーパーを丸める。レンタルビデオ屋に居るときから勃起し続けていた性器が、ようやくシワだらけでぐったりとした元の形にもどっていった。

そのまま瞼《まぶた》を閉じてしまいたくなる程の強い眠気を必死に抑える。立ち上がって丸めたトイレットペーパーを拾うと、染みだした精液が手のひらを汚した。

レンタルビデオ屋にもどって、もういちど突きあたりいちばん奥の布をめくり上げると、今度は二人組の男が同時に振り向いた。眉毛を剃り落として白いジャージを着た方が大袈裟《おおげさ》な身振りで、サングラスを掛けた黒いジャージを着た方にＤＶＤ

のパッケージを見せながら、「うわっ、これスカトロだ」と怒鳴って笑った。

彼らの立っている正面には、つい十五分前にジャケットを抜き取られたＤＶＤのケースが三つ並んでいる。

返却予定の三枚のジャケットを持って、すこし離れた熟女コーナーでじっと息をひそめていると、限界を超えた眠気に倒れそうになる。気をとりなおして大きく目を見開くと、わざとらしく太った身体をよじらせて笑いかける、中年女性の写真と目が合った。

7

またこの夢だ。嫌な夢だ。もう何度も見ているからすぐにわかる。それでも、与えられた仕事を淡々とこなすのと一緒で、無理に目を覚ましたりはしない。好きでもない女に付き合って、すでに観たことのある映画を眺める。そんな気分で夢に目をつむる。

何度も見た夢がまたはじまる。

石畳の道をすすんで行くと、大きな提灯を目印にして、きれいな三階建ての日本家屋が建っている。入口に立つ、屈強な体を屈めてもまだ自分より頭ひとつ分は大きい黒いスーツを着た男の顔が、丁寧に折りたたんだ体を元にもどすのと同時に、大きくゆがんだ。

男の背後から顔を出して笑いかけてくる彼が、「これちゃんと洗っといてよ」と言って血の付いたドライバーを、太腿《ふともも》の辺りを手で押さえながら呼吸を荒らげている男に渡す。

「あれくらい鍛えてる奴には、気づかれないように後ろからいくようにしてるんだよね。やわらかく緩《ゆる》んだ筋肉を突き破ったあと、すぐに硬直した筋肉に手首が押し返されるあの感触がたまらないからね。今度やってみなよ」

どうしても理解できない彼の感覚に、適当な相槌《あいづち》を打ちながら、石畳の道を歩く。履きつぶした安物の靴で踏むと、敷きつめられたきれいな石が、まるで返事をするかのようにシャッと鳴った。

通りにはいくつもの提灯がぶら下がっていて、そのひとつひとつに小さく漢数字で番号が振ってある。六番の提灯の前で、まだ乾き切っていない髪を揺らした初老の男が、迎えの車に乗り込んだ。男は窓から顔を出して、見送りに出て来た細くて背の高い、わざとらしく整った顔をした女に手を振っている。

「泥に最近、店が出来たんだって。一回五百円で口でしてくれるらしいんだけど、いくらなんでも五百円はね。まさか犬にでもさせるんじゃないよね。孤児の価値観は恐ろしいよ。せっかくだし、今からちょっと遊びに行ってみようよ」

砂と呼ばれているこの辺り一帯を取り仕切る、羽田《はねだ》組の組長の息子。その彼に呼び出された理由を、彼自身の言葉で今知った。

駅を隔てた向こうは砂とは対照的で、風が巻き上げる土のなかを、大勢の人が怒声を上げながら行き交っている。着いて数分もしないうちに、口のなかにザラザラとした不快な感触がひろがって、何度も唾《つば》を吐きだした。紙屑と枯葉と煙草の吸殻がめり込んだ砂利に頬をつけて、祈るような顔で眠る老人のその横を、小さな男の子が笑顔で走り去って行く。

酸っぱい臭いが立ち込める細い路地には、いくつもの飲食店が並んでいる。皿がテーブルに叩きつけられる耳障りな物音がひっきりなしに聞こえて、それに弾《はじ》かれるように、店からあふれた中年の女が地べたにあぐらをかいて串に刺さった肉を頬張っている。女が持っている透明な液体の入ったグラスのなかを、ついさっきまで串に刺さっていたであろう、畜肉の欠片が物悲しそうに泳いでいる。

唯一の大通りの入口には、もとは役所として使われていた、ところどころ塗装の剝《は》がれた古くて大きなビルが建つ。そのなかでは多くの孤児たちが生活していて、その孤児たちが中心になって取り仕切っているこの一帯は、泥と呼ばれている。

彼が歩く先に子供が立ちふさがる。彼は目の前の小学生くらいの男の子に笑いかけると、ポケットに入っていた財布から取り出した五百円玉を握りしめて、その拳《こぶし》を力一杯男の子の顔面に叩きつけた。

倒れた男の子の口から血に混じって吹き出した歯が、乳歯であるのを確認して安心した。男の子は彼の手のなかに握られていた五百円玉を受け取ると、嬉しそうに笑った。

おなじようにして次々に群がってくる子供に彼は、「今日はもう終わりだよ」と言いながら速度を落とさずに歩き続けた。

繁華街に立ち並ぶ店の半数以上はシャッターが閉まっている。落書きだらけのシャッターの前で、性別もはっきりしない老人二人が、仲よくひとつの食べ物をわけあっている。その食べ物が何なのか、それもはっきりしない。定期的に遠くの方から聞こえるサイレンのあとを追いかけるように歓声が上がって、上空から灰色の液体が降ってくる。生臭いそれが肌に触れる度に、得体の知れない何かに追い立てられた。

十字路の角にある雑居ビルに着いて、らせん状の階段を降りていく。ドアの前に立っている、長髪を金色に染めあげて口髭を生やした若い男に、彼が千円札を手渡した。

扉を開けた途端に、鼓膜が引き裂かれるような爆音でその場から歩けなくなる。とてつもない爆音に思考を遮断されて、呼吸をすることで精一杯だった。奥から歩いて来た女に手を引かれて、彼と二人で案内された円形のソファーに座る。女の手がやけに汗ばんでいて、その手でテーブルに置かれた飲み物には、手を伸ばす気になれなかった。

隣に座ったひどく痩せた女の顔左側には、うす暗い店内でもはっきりとわかる程の大きさのアザ。女がズボンに手をかけてきても、その熟《う》れたバナナのような顔を見ているせいか、何も感じなかった。第一、彼の見ている前でズボンを脱ぐことに強い抵抗があった。

依然として店内には爆音が鳴り響いている。いつまでも鳴り止まない爆音のせいで感情が抑制されて、五感がマヒしていく奇妙な感覚に吐き気がした。それとは対照的に、彼は涼しい顔をして、隣に座っている牛のように体の大きな女の頭をやさしくなでている。

股間に顔をうずめてきたバナナの顔を押しのけて、しばらく彼の方に目を向けていると、頭をなでているのとは逆の手が鈍い光を放って、ゆっくりと牛の股間にはいっていくのが見えた。

しばらく彼から目を離している間に、爆音のなかで微《かす》かに叫び声が聞こえた。あまりにも動物的なその声に驚いて、慌てて彼の方に目を向ける。さっきまで頭をなでていたはずの手は髪の毛を摑んでいて、もうひとつの手が、足をバタつかせて必死に抵抗する牛の股間から引き抜かれるのが見えた。

鉄の臭いが立ち込めて、暗闇で彼の手に鈍い赤が光っている。ようやく状況を把握して、立ち上がったバナナの肩を摑んでソファーに押さえつけていると、その喉元に彼の手がゆっくりと埋め込まれて行くのが見えた。そのとき、大きく見開いたバナナの目は、切り裂かれた喉の代わりになって、しっかりと叫び声の役割を果たしていた。

粘り気のある赤い唾液が、バナナの口のなかでシャボン玉のように、泡になって次から次へと弾けていく。彼が喉元からナイフを引き抜くと、荒い呼吸に合わせて、破れた皮膚の隙間から入り組んだ白い物が上下していたけれど、それもすぐに赤く染まって見えなくなった。

相変わらず、耳が壊れる程の爆音が鳴っている。ソファーに横たわっている牛のように体の大きな女の鳴き声は、もう聞こえなくなっていた。彼の後に続いて店を出ると、耳のなかいっぱいに静けさが響いて、うるさくて倒れそうになった。

右の二の腕辺りに妙な違和感を感じて左手で触れると、ヌルヌルしたやわらかい脂肪の塊《かたまり》が付いている。乳白色のそれを払いのけて、ついさっき見たばかりの、ぱっくり開いたバナナの喉元を思い出した。

嫌な予感がする。歩きながら気をまぎらわせる為に、何も知らないで能天気な円を作っている彼のツムジの辺りをじっと見つめた。それでも、人目につかない路地裏で彼が立ち止まったときに、嫌な予感は爆発した。

中華料理屋のゴミ捨て場で、真っ赤に染まった右手から、彼が握りしめているものがはみ出している。ついさっき爆発したはずの嫌な予感は、まだ彼の手のなかにしっかりと握りしめられていた。自分の右手に注がれた視線に気がついた彼が、ゆっくりと、右手をひらく。

いつか焼肉店で、皿に盛られて運ばれてきたカルビにそっくりなそれが、彼の手のなかから現れた。あの爆音のなかから微かに聞こえた叫び声を思い出すと、口のなかに酸っぱい唾液があふれてきて、必死になって息を止めた。

「クリトリスって見たことある？　俺はないからさ。あれって曖昧でしょ？　どこがそうなのかわからないじゃない？　せっかくだから切り取ってじっくり見てみようと思ってね、こうやって持ってきたんだけどやっぱりわからないよ。ねえ、どこがそうだかわかる？　なんか悪いことしたな。こんなことなら、わざわざあんなことする必要なかったのに。それにしてもひどい店だったね。ソファーがやわらかすぎて、安定感がないから座っていても落ち着かないし。出された麦茶が生臭くて気分が悪くなって吐きそうだったよ」

せり上がってきた酸っぱいものが口元で弾けた。

コンクリートにへばり付いて打ち上げ花火のような模様を作る胃液を見つめながら、膝をついてしばらく息を荒らげていると、彼が背にしているゴミ捨て場のひび割れた白っぽいブロック塀が、黒い影に覆われた。背後で、大勢の人が次々に立ち止まる音がする。むせ返るほどの熱気と、ビニール袋を突き抜けるポリバケツからあふれた生ゴミの腐敗臭を吸い込んで、今度は自分の意思で息を止めた。

「武器もってる？　これじゃさすがに無理かな。これはさすがに多いね。それにしても来るの早いなぁ。うわぁ、ひとりやばいの居るし。あー、死ぬの怖いなぁ」

あきらめたような笑みを浮かべて、ポケットから取り出した血だらけのナイフで彼が指す方を振り返ると、殺気立った人だかりのなかから、相撲取りのような体をしたスキンヘッドの男の頭が飛び出している。

彼が、握りしめていた肉片を人だかりに向けて投げつけると、スキンヘッドの頭に当たって、ペチッという間の抜けた音を立てた。そこにいる誰もが、地面に転がって砂まみれになった肉片を不思議そうな顔で見つめている。

脇腹の辺りに、熱い鉄の棒を差し込まれた。正確にはそれは、冷たいものだった。

それを差し込まれたことによって体内が熱くなっただけだった。そんなことも知らずに地面を転げまわった。

相撲取りのような体をした男の大きな手が、彼の頭をすっぽりと包み込むのが視界の隅に見えた。初めて聞く彼の叫び声は、綺麗で寂しかった。

ついさっきまで聞いていた、抑揚《よくよう》のない冷たくて小さな彼の声を無性に聞きたくなったけれど、もう原形をとどめていない彼の顔をじっと見ながら、それが叶わないことを確信した。


目を覚ますと、窓の外はすっかり暗くなっていて、一日の半分を損した気分になる。枕元に置いてあった携帯電話の液晶画面を見て、慌てて飛び起きてすぐに部屋を出た。

どんな夢よりも、アルバイトに遅刻する現実の方が、その何倍も恐ろしい。歯をくいしばって全力で走る。視界の隅でアパートから駅までの見慣れた風景がねじれていく。吐く息に鉄の臭いが混じって、呼吸が割れる。駅の階段に差し掛かるのと同時に、ホームに電車がすべり込んでくる。現実に乗り遅れないように、必死の形相《ぎょうそう》で階段をかけ上がる。

この部屋にくるといつも、やめておけばいいのについ開いてしまう。「未来を射抜く希望の音」「苦悩の果てに産まれ落ちた歓喜の雫《しずく》」、そんな安いキャッチコピーすらも付かない自分の音楽に絶望して、すぐに手のなかの音楽雑誌を閉じるだけなのに。

8

買ったばかりのまだ真新しいTシャツの背中には、日付の下にいくつものバンド名がプリントされている。小さな文字を、下から順に目で追っていくと、瞳《ひとみ》ちゃんの首筋にたどりついた。背を向けて携帯電話をいじっている瞳ちゃんの横顔が、液晶画面の明かりに照らされて、うすくぼんやりと光っている。

昨夜、瞳ちゃんが夢中になって話していたロックフェスの話は到底理解できなかった。いかに音楽が素晴らしいか、いかに会場の一体感に胸を打たれたか、いかにアーティストと観客がつながっていたか。飲み干した缶ビールのフチを噛《か》みながら、いつまでも終わる気配のない話の切れ目を探していた。それからずいぶん時間をかけて、ようやく終わった話のあとで、溜まった不満をぶつけるかのように瞳ちゃんにキスをした。

ベッドのなかで、単調な自分の動きに合わせて一定のリズムで揺れている瞳ちゃん。瞳ちゃんが会場で買ってきたTシャツをめくり上げて胸に顔をうずめる。その瞬間、ロックフェスの何倍もの一体感を感じて確かに今はつながっているなと思った。

瞳ちゃんの背中に指先で触れてみると、バンド名が書かれた文字の部分が少し浮き上がっていて、指に引っかかる嫌な感触がした。気怠《けだる》そうに振り向いた瞳ちゃんが吐き出した息から、かわいた唾の臭いがする。テーブルの上で空き缶と並んだ時計に目をやると、もう朝の九時だった。

テレビの横に置いてある、小さいころに駄菓子屋で見たようなガラス瓶のなかには、大量のコンドーム。初めてこの家に来たときから、中身は減ったり増えたりをくり返している。

自分以外の誰とこの瓶の中身を使っているのかは知らない。それでも今日のように極端に瓶の中身が減っているのを見たときは、目の下に力がはいって表情がくもっていくのが自分でもはっきりとわかる。個人的にこの瓶のことは、「友達以上、恋人未満の壺」と呼んでいる。開けっ放しになっていた瓶に、もういちどしっかりフタをした。

それでも瞳ちゃんのことが好きだ。

酒屋でアルバイトをしているベースの奥山が、店にあった試飲用の缶チューハイの段ボールをアパートに持ってきて、その中身が半分になるころ唐突に、「明日ピンサロ行かない？」と言ってきた。

「指名しなければ三千円で激安だし、二回転だから一回転目がブスでもデブでもババアでも、まだチャンスはある。何より、ひとりものすごく可愛いのが居るらしい」

バイト先の先輩に聞いたというその情報を、柑橘系の甘味料が混じったアルコール臭い唾を飛ばしながらまくし立てている。

資金を捻出《ねんしゆつ》する為に、急遽《きゆうきよ》次のライブのセットリストを前回とまったくおなじものにして、当日までスタジオには入らずにライブをすることになった。すぐにその件をドラムの西山に伝える。金の無い西山は大喜びで電話を切った。

アパートの畳の上に大の字になって寝ている奥山のイビキがうるさくて眠れないのか、明日のことに興奮して眠れないのか。ぼんやりと考えながら足の親指で扇風機のスイッチを入れる。思っていたよりも勢いのある風音で、奥山のイビキがすこし小さくなった。

暗闇のなかではっきりと浮かびあがる興奮は、電気を消してもまだ、曖昧な色の小さな光になって瞼《まぶた》の裏にしばらくこびり付いていた。

駅前の牛丼屋で腹ごしらえをしてから、電車を乗り継いでようやくたどり着いた店の前には、昼時の開店前だというのにすでに列が出来ていた。地下に続く階段の段差に座り込んだ中年のオッサンが、くしゃくしゃになったうすいナイロン製の、色の褪《あ》せたリュックサックを足元に置いて所在なさげにうつむいている。その目線の先で、前に座ったおなじようなオッサンが手にしたパチンコ屋のロゴがはいった団扇《うちわ》がパタパタと揺れる。

うす暗い階段の先に、スーツを着た金髪の男が立っていて、列を作っている客を不機嫌そうに睨みつけている。

「おい、あそこに写真貼ってあるだろ。あれちゃんと見とけよ」

奥山がそう言って指差す方を見ると、ピンを刺しても手応えの無さそうな安物のコルクボードに何枚かのポラロイド写真が貼り出されているのが見えた。極度の緊張から、怖くなって逃げ出したい衝動を抑えるのに必死になっている間に、店のドアが開いて、なかから大きな音が聞こえてくる。すこし前に見た嫌な夢を思い出して、気分が悪くなってその場に座り込んだ。

ドアの向こうから漏れてくる音楽を聴きながら階段の段差に座っていると、いつもライブをしているライブハウスを思い出してすこしだけ落ち着いた。奥山からもらった煙草を吸い終えるころには列もずいぶん短くなって、入口に立っているスーツの男との距離も、彼が鼻に付けたピアスの形が確認できる程になった。

スーツの男に仰々しく三千円を渡した奥山が、コルクボードを凝視《ぎょうし》してから両手を合わせて神に祈っている。彼に指名料を払う余裕はない。その一連の動作になんの関心もしめさずに、機械的な動作で奥山の両手に消毒液を吹き付けるスーツの男を見て、また逃げ出したくなる。子供のころに、親に連れられて行った遊園地、お化け屋敷の前で泣いて引き返したのを思い出した。切実で滑稽な奥山の後ろ姿が店内の暗闇に吸い込まれていく。

店内からは相変わらず、大音量の音楽が流れてくる。下品なシンセサイザーの音は、断続的に耳にはいってきて、不安を煽《あお》った。

スーツの男に金を渡したあと、恐る恐る見たコルクボードから、目が離せなくなった。ポラロイド写真の余白に太いマジックで名前が書かれた、どれも似たようなもののなかで、一枚だけ違うものを見つけた。他の写真とは明らかに何かが違う。今思えば、あの瞬間から瞳ちゃんは特別な存在だった。

いつまでもコルクボードから目が離せないでいたけれど、とつぜんスーツの男が手に吹き付けた冷たい消毒液で我に返って、火照《ほて》った顔まで冷めていくような気がした。

迷路のように入り組んだ店内を、入口にいたのとは別のスーツの男に案内されて進んで行くと、小さなソファー席に着いた。なんとなくもっている店に対する不潔なイメージのせいで、スーツの男がテーブルに置いたグラスには口を付ける気になれない。大きく深呼吸をしてみると、緊張で極度にかわいた口からは、入口で奥山にもらって吸った煙草の嫌な臭いがした。

大音量の音楽と張り合うように、店内にはひっきりなしに低い男の声で場内アナウンスが響いている。女の名前と番号が交互にくり返されていて、自分が何番の席に座っているのか見当もつかないのに、アナウンスがされる度に、身体をこわばらせて耳をそばだてた。

暗闇から、二本の足がゆっくりとこっちへ向かってくるのを見た瞬間に、全身が硬直して思わずソファーから腰が浮く。

ビニール製の安物のソファーがズボンとこすれ合う音がして、体が小さく弾んだ。隣に座った瞳ちゃんから、暗闇のなかでもはっきりと顔が確認出来る距離で、芳香剤の匂いがキツイおしぼりを手渡された。そのとき、入口のコルクボードのなかで見た写真とおなじように、こっちを向いて瞳ちゃんが優しく微笑みかけた。

ふわりとやわらかそうな髪の毛をかき上げて、大きな目で何かを許すようにこっちを見ている。緊張のあまりキツく閉じていた両足の隙間に瞳ちゃんの温かい手が滑りこんできて、思わず目を閉じた。

おしぼりを手に持ったまま何も出来ずにいると、瞳ちゃんの顔がゆっくりと近づいてくる。やがて視界が覆われて、口のなかに入ってきた舌から、やわらかい感触と消毒液の匂いがする。喜びも束の間、さっき嗅いだ自分の口臭を思い出して、テーブルの上の飲み物を飲まなかったことを悔やんだ。

射精したあとも、暗いソファーの上でパチンコ屋のような場内アナウンスに耳をそばだてながら、身体中が幸福で満たされるのを感じていた。「まだ時間あるから何か話をしようか」耳もとで瞳ちゃんにそう言われたときは凄くうれしかった。

「青森の田舎町で育ったんだけど、本当に周りになんにも無いから、毎日のように部屋の窓を開けてずっと音楽を聴いてて。死ぬ程好きだったバンドが一回だけ、車で二時間くらいのところにあるライブハウスにライブをしに来たの。そのとき、もう本当に緊張して、ライブハウスの前で自分が持ってるチケットの整理番号が呼ばれたときは倒れそうになった。ライブハウスのなかにはいってライブがはじまるまでの間もずっと落ち着かなかった。客電が落ちて、真っ暗な会場に歓声が響いたときに、なんか急に恥ずかしくなって、逃げ出したくなったの。こんな田舎町に居て、お前らはなにを叫んでるんだよって、なにも無いのに叫んだりするなよって。必死に背のびして知ったようなフリで、テレビとか雑誌の向こうに手を伸ばしたりするなよって。田舎者に届くわけないだろって思って。ステージに出てきたばかりの大好きなバンドのメンバーに謝りたくなった。ごめんなさい、こいつら全員頭がおかしいんですって。でもしょうがないでしょ。何も無いっていうのはそういうことなんです。窓から見える田んぼの先を見てると、あの先が何かにつながってるなんて到底思えなくて、涙が出てくる。だから頭もおかしくなると思います。だから今回だけは許してあげてください、って謝りたくなった。それから、一曲目が始まって、ボーカルが歌いはじめて驚いたの。本当に信じられないくらいに全然声が出てなくて。最初は驚いたんだけど、その歌を聴いていたら、嬉しくてたまらなくなってきて、気がついたら自分が叫んでいたの。なんか認めてもらえた気がして。ＣＤで、くり返しくり返し馬鹿みたいに聴き続けてた曲の高い音のところで、CDとは程遠いかすれた声で情けなく裏返るその声を聴いてたら、窓からいつも見てたなにも無い絶望的な風景を認めてもらえたような気がして嬉しくて。気がついたらステージに向かって叫んでたの。ありがとうって。あっ、呼ばれちゃった、このまま待っててね。もうひとり来るからね。あたしばっかりしゃべっちゃってごめんね。よかったら、また遊びに来てね」

そう言って立ち上がると、瞳ちゃんは行ってしまった。まだ耳全体に残っている瞳ちゃんの唇と息の感触で、こんなにうるさい店内でもあれだけ話の内容がしっかりと聞こえたことに納得した。

いつか自分の音楽を聴いてもらいたいと思った。あんなふうに素直に音楽に接することが出来る瞳ちゃんに、強烈な嫉妬《しっと》心《しん》を覚えた。頼りなくて後ろめたい、不確かでいい加減な音の羅列。それでも瞳ちゃんの前なら、自信をもってそれを音楽と呼べる気がした。瞳ちゃんなら救ってくれるかもしれないと思った。そして瞳ちゃんなら救ってあげられるかもしれないと思った。

次に来た、ガリガリに痩せて化粧の濃いツリ目の女の口のなかで射精したときには、すこし痛みを感じた。あたりさわりのない会話を終えて、逃げるように店を出るときに、入口に立っているスーツの男にカードを二枚手渡された。

ドアを開けると、刺すような光の手前で、階段に座り込んでいる小太りのオッサンと目が合った。ようやく回ってきた自分の順番に微かにゆるんだオッサンの表情も、階段を上り切るころにはもうわすれてしまった。

待ち合わせ場所の駅前に着くと、奥山が不機嫌な顔で、ペットボトルのコーラを使ってうがいをしている。

「あんな汚いブスの股を舐《な》めたら水じゃ無理だな。これくらいじゃないとバイ菌は殺せないよ」

金が無いから水を買うのが惜しくて、うがいも出来てそのあとに美味しく飲めるコーラを買うところも、強い炭酸の刺激にわざとらしく顔をゆがめているところも、そうまでしてピンサロ嬢の股を舐めるところも、本当に馬鹿らしい。今までの緊張と興奮からようやく解放されて、馬鹿な奥山を見て、今日はじめて笑った。

地元の駅に着いて、奥山がホームのゴミ箱に何かを捨てている。

「バレたらヤバイから捨てとけよ。あっ、相手が居ないからお前は持っててもいいのか。次の指名料がタダになるらしいし、どうせなら、今日の記念に額縁にでも入れて飾っとけよ」

そう言われて、帰り際にスーツの男にもらった二枚のカードがポケットのなかに入っているのを思い出した。奥山がニヤニヤ笑いながらこっちを見ているうちに、すぐにポケットから取り出したカードをゴミ箱に投げ捨てた。

奥山と別れて、奥山の後ろ姿が完全に曲がり角に消えるのを見届けてから駅に引き返した。券売機でいちばん安い切符を買って改札を抜けて、さっき降りたばかりのホームへ。ゴミ箱の前で立ち止まって、周りに誰も居ないのを確認してゴミ箱のなかに手を突っ込んだ。あてもなく動かしている指先に、ついさっきまで手のなかにあったのとおなじ紙の感触がして、安心して泣きそうになった。

二枚のうちの一枚をもういちどゴミ箱に投げ捨てて、残ったもう一枚を改めて眺めると、茶色いコーヒーのシミが付いている。その部分からほのかに甘い香りがして、中央には確かに瞳ちゃんの名前が印刷されている。

行く宛もないのにホームにすべり込んできた電車に乗り込んで、ガラガラの車内でシートの中央に座った。もういちどカードを眺めてみたけれど、強烈な西日が邪魔をしてよく見えない。すぐにあきらめて頭のなかで覚えたての名前をくり返しているうちに、心地の良い眠気を感じて、目を閉じて背もたれに深く体をあずけた。

その日から、瞳ちゃんのことがどうしても頭から離れなかった。何をしていても、あのときのことを考えていた。せまいアパートには酷《ひど》く不釣り合いな大きさのブラウン管のテレビ。スイッチを押すと、バネが軋《きし》む嫌な音がしてＮＨＫのなかで躍動する高校球児が映し出される。

金も無いのに時間だけはあって、気がついたら家を飛び出していた。目的地に着いて、前回ここに来たときにちょうど奥山がコーラでうがいをしていた辺りに座り込んで、奇跡が起こるのを待っている。衝動に任せて家を飛び出してきたはずなのに、思い返すと、家を出るときにしっかりテレビを消してきた鮮明な記憶があることが恥ずかしくなった。

ここからだとはっきりと店の前に続く細い路地が見える。改札の手前に設置されたラックから取った、アルバイトの求人情報誌を頭上に掲げて、容赦なく照りつける直射日光を避けた。細い路地にじっと目を凝らす。前回行った開店時間よりも、一時間早くここに着いたせいで、まだ店の前には誰もいない。

目の前にある証明写真の機械に付いている小さな鏡に映った自分の顔が、あまりにも惨《みじ》めで帰りたくなった。くもった小さな鏡のなかにぼんやり映った見飽きた顔のその後ろを、駅へと向かう人がどんどん通り過ぎていく。

振り返ると、宝くじ売り場の小窓から、眼鏡を掛けた中年女性が怪訝《けげん》そうな顔でこっちを見ている。待ち合わせにしては明らかに所在なさげで落ち着きのない自分が鏡のなかで苦笑いをしている。会える確証も無いのにこんなところに座り込んでいることが恥ずかしくなって、馬鹿らしくて悲しくなった。

じっと見つめていた細い路地から歩いてくるのが、瞳ちゃんだと気がつくまでにずいぶん時間がかかった。店の方から駅に歩いてきたのが予想外で、急な出来事に驚いている間に、日差しを手で遮りながら迷惑そうに顔をゆがめた瞳ちゃんがどんどん近づいてくる。

とっさに摑《つか》んでしまった腕は、信じられない程にサラリとしていた。汗まみれの手のひらが、瞳ちゃんの腕を濡らすのをはっきりと感じた。

「あっ、お客さん？　今日は給料取りにきただけだから出勤しないよ」

見知らぬ男にとつぜん腕を摑まれても気にもとめず、嚙《か》んでいたガムを勢いよく道端に吐き出したあと、瞳ちゃんはそう教えてくれた。アスファルトを転がっていったガムが、程無くして誰かの、先のとがった革靴の底にべったりと張り付くのを見た。顔を上げると、目の前で瞳ちゃんが申し訳無さそうに苦笑いをしている。それを見た途端、共犯者になったようですこし嬉しかった。

「今日暇だし、セックスする？」

瞳ちゃんのその言葉を聞いた途端、共犯者になった。

自分のアパートとは反対に六駅、徒歩五分程のところにある瞳ちゃんのアパートは、せまいけれど綺麗に片付いていて、玄関のドアを開けた瞬間に甘い香りが立ち込めた。大袈裟な音を立てて閉まったドア。鍵を閉めるかと尋ねると、「別にどっちでもいい」と言うので、縦になって二つ並んだうちの上ひとつだけを閉めた。

玄関にあるいくつかの靴の、そのどれもが女物であることを真っ先にたしかめた。トイレと風呂場の間を通り過ぎて、小さな台所の先にあるリビングに腰を下ろす。ちょうど目線の高さにあるベッドの上では、脱ぎ捨てられたTシャツが丸まっている。その先に置かれた小さなテレビの真っ暗な画面には、横の棚に置いてあるガラス瓶のなかに大量のコンドームを見つけて、だらしなくゆるんだ自分の顔が映った。

テーブルの上に置かれたペットボトルのお茶。手にとってキャップを開けたときの音が、しずかな部屋のなかに大きく響いた。その音に急《せ》かされるように慌てて口を付けてからテーブルに置くと、すぐに瞳ちゃんがそのペットボトルを手にとって口を付けた。気まずくて目を逸《そ》らすと、真っ暗な画面には相変わらず間抜けな自分の顔が映っていた。ついさっきまで、手のなかにあったペットボトルに付いていた水滴が、まだしっかりと手のなかに残っている。瞳ちゃんはもうひと口、喉を鳴らして微笑んだ。

「もう出るから。一緒に出てよ」

背を向けて携帯電話をいじっている瞳ちゃんにそう言われて、瞳ちゃんの背中に向かって返事をする。瞳ちゃんの背中が呼吸をして小さく揺れる度に、背中に印刷された大量のバンド名も一緒になって揺れる。まるで瞳ちゃんに生かされているみたいに、目の前で大量のバンド名が穏やかにゆっくりと、一定のリズムで揺れている。そのなかに自分が居ないことが悔しかった。

「今度のライブ、仕事で行けないけど、チケットだけ買うよ」

化粧を終えて着替えをすませて、財布を出している瞳ちゃんの言葉を無視して、ベッドの下に散らかった服を着る。こんなときに限って片方の靴下がなかなか見つからなくて、腹が立ってしょうがなかった。

玄関を出て、瞳ちゃんが鍵を閉める。この聞き慣れた金属音がする度に、自分のなかで何かが終わるような気がするし、何かがはじまるような気もする。目の前から漂う香水が臭くて、あのうるさくてうす暗い店内と場内アナウンスを思い出した。

階段を降りて大通りに出るまでの細い道をならんで歩いていると、思い出したようにときどき肩がぶつかる。しばらく前を見て無表情で歩いていた瞳ちゃんが、とつぜん振り向いて言った。

「これで何かご飯食べて。ちゃんと食べなよ」

そう言って差し出された千円札を見て、無性に悲しくなった。今必要な千円札よりも、次にまた会う約束が欲しかった。

そこから大通りに出て駅までの道を、瞳ちゃんからすこし離れて歩いた。猛スピードで走っていくトラックとバイクが排気ガスをまき散らして、ぼんやりと視界がかすむ。

振り返ると、すこし後ろをさっきまでとおなじペースで瞳ちゃんが歩いている。カバンから取り出した携帯電話で誰かに電話を掛けているのを見て、相手も知らないのに悔しくなった。瞳ちゃんのほうから電話が掛かって来たことは今までいちどもなかったから。

瞳ちゃんが、改札の向こうに見えなくなるのを待って、駅前にあるレンタルビデオ屋へ向かった。近所のレンタルビデオ屋とはくらべものにならないくらいの豊富な品揃えのなかから、貧乳の瞳ちゃんの何倍も胸の大きい女優のＤＶＤを選んだ。

瞳ちゃんからもらった千円札で会計をすませて、店を出た。

夕方からのアルバイトまでの束の間の幸せを、さっきレンタルビデオ屋のカウンターで受け取ったばかりの布製の小さな手提げ袋のなかに入れて歩き出す。それでも、駅の改札の向こうから瞳ちゃんが飛び出してきて、「びっくりした?」と笑いかけてくるところを想像してしまう。そんな妄想を振り払うように手提げ袋のなかをのぞき込む。

『スケベなホームルーム～居眠りしてたら突然飛んでくる先生の太いチョーク～』

9

一定の間を置いて、マイナスドライバーの先端でガラスを引っ掻いたような音が聞こえてくる。顔を上げると、予想通り店の外には三台の自転車が停まっている。どの自転車にも、それぞれ前や後ろに子供用の小さなイスが取り付けてある。

それは通常、子供を育てる母親の象徴のようで、見ていてやさしい気持ちになるはずだ。でも、それがこの三人のものだと知った途端に、暴走族が違法に改造したバイクのように見える。

しばらくすると、怒声を上げながら三人組が店のなかに入ってきた。真っ赤な顔から酒の臭いをまき散らして、慣れた手つきでカゴのなかに商品を投げ入れている。深夜になると、こうして頻繁にやってくるこの三人組を、いかに感情の波を立てずに黙ってやり過ごせるかがその後の品出しに大きく影響する。

「おう、ソーセージ。久しぶり」

二日前に、こうしてレジを隔てて向かい合ったときとまったくおなじ台詞のあとに大爆笑している女がリーダー格で、酒に酔った虚《うつ》ろな目の奥に、確かな殺意を感じる。明朝、旦那と子供に食わせるのであろう菓子パンをレジに通している間も罵《ば》詈《り》雑言《ぞうごん》を浴びせかけてくる。

この三人組を初めて見たときは衝撃を受けた。いつも気に入らない客にそうしているように、レジに通すついでにカゴのなかのパンに親指の爪を立てていると、バーコードを読み込むピッという音と同時に、唸《うな》るような低い声で呼びかけられておどろいた。

「えっ。客の商品に何してんの？　お前こんなことして良いの？　こんなのに金払うの？　お前それ、絶対に親指離すなよ。そのままにしとけよ」

リーダー格の女が嬉しそうな顔でこっちを見て笑っている。

「これどうするの？　聞こえてる？」

千切れたパンの感触が親指にまとわりつく。すがるような気持ちで、意味もなく消費期限を確認したりした。

「じゃあ、ここでチンコだして。そのパン、びっくりソーセージっていう名前でしょ？　だからチンコだして。それが予想よりもデカくてびっくりしたらこれ無かったことにしてやるから、出して」

よく見てみると、もう女の目は笑っていない。手元では、潰れたソーセージにかかっていたマヨネーズが「びっくりソーセージ」というパッケージの文字を汚している。慌てて商品から手を離すと、カゴのなかでかわいたビニールの音がして、リーダー格の女の右隣に立っている太った金髪の女が舌打ちをした。

「手、離すなって言ったよね？　チンコ出せないならあのアル中呼んでよ」

リーダー格の女にそう言われて、無線で休憩中の多賀さんを呼んだ。すぐにやって来た多賀さんの手は、相変わらず小刻みに震えている。状況を把握して、三人組に向かって頭を下げている間も、一定のリズムを保って、多賀さんの手は小刻みに震えている。

初めて多賀さんに会ったときから、もうそれには気づいていた。この日も、休憩室からレジまで走って来た多賀さんの口元からは当たり前のように、消毒液のような強烈なアルコールの匂いがした。必死になって多賀さんが頭を下げて謝り続けている間、いつまでも小刻みに震えているその手をじっと見ていた。

あの日以来この三人組からは、「ソーセージ」と「アル中」として認識され、こうやって頻繁にレジを隔てて罵詈雑言を浴びている。会計が済んで、商品のはいったビニール袋を振り回しながら、三人組がすこしずつ遠ざかっていく。

いつも決まっていちばん後ろを歩いている、細身の色白で影のうすい女が、二人に合わせて一所懸命に水滴の付いたビニール袋を振り回す。酔いのなかで確かな輪郭を持った自意識から目を逸らして、必死に張り上げる声がところどころ裏返る。二人を追いかけているようにも、二人から距離を置いているようにも見えるその姿は、見ていてすこし痛々しい。しずまり返った夜のなかでゆっくりと時間をかけて、自転車のタイヤが地面をすべる音と、三人組のかわいた笑い声が遠ざかっていった。

「もう帰った？　あいつらコンビニ行けばいいのになんでいつもここに来るんだよ。もうすこし元気だったら三人まとめて抱いて黙らせてやるのにな。俺なんか右手が常にこんなだからさ、もうアソコに軽く手を当てただけで、あいつら泣いてよろこぶと思うよ」

そう言いながら差し出された右手はしずかになった店内に鳴り響くＢＧＭのテンポを無視して、ゆっくりと頼りなく震えている。店の外を見ると、大きなトラックがライトを点滅させて停まっている。「品出し頑張ろうな、アル中」と心のなかで呟いて、大きく溜息を吐《つ》いた。

10

あの日、スタジオで練習している最中に、何となくとつぜん重苦しい空気になった。何か決定的なことがあった訳ではないし、いつも通りの流れのなかでの出来事だった。ただ口を開くきっかけを見失ってしまっただけで、その瞬間に特別な意味があった訳でもない。

どうしても二人に対して言葉が出て来ない。それは、ずっと持っていた爆弾が、思っていたよりもあっさりとしずかに爆発しただけなのかもしれない。おなじく黙っている奥山と西山が、ソレを決定付けているようで腹が立った。そうなってしまうと二人がすべての元凶のように思えてくる。

曲も作れない、歌詞も書けない、だからその分傷は付かない。そんな安全なところで、報われない現状に不貞腐《ふてくさ》れて被害者になったつもりでいる。お前に才能が無いから、俺達は時間と金を無駄にしているんだという、そんな無言の抗議を受けている気分になる。そう思うことですこしだけ楽になれた。

まただ。奥山がゴッと鼻を鳴らした。コイツのこの癖は、こんなときにはより一層不快だ。それでも、横で音も立てずに黙っている西山よりかはまだ良い。こいつには意思が無い。どんなときも結論が出るのを黙ってじっと待っているだけだ。どこにでも飛んで行く空のビニール袋みたいに。

無言のまま、そんな気分ではじめた演奏は最悪で、単調なベースラインにヨレたドラムフィルがまとわりつく。その都度生じるズレで歌が死んでいく。こんなはずじゃなかった歌が、せまいスタジオの壁に反響して返って来る。どうやっても上手く行かない、もう確定してしまった自分の音楽が怖かった。

あのころは良かった。はじめて開けたスタジオのドアは重くて、なかに雑然と並んだいくつもの機材に圧倒された。音の出し方も音の消し方も、何も知らないということが救いだった。あのころはまだ、どこにでも行けて何にでもなれる余白が充分にあった。そんな期待も、時間をかけてゆっくりと、エアコンの生ぬるい湿った風で冷えていった。

色んなことにすこしずつ慣れて、ボヤけていた輪郭がハッキリと見えてくる。思い描いた理想とは程遠いそれに絶望しながら、それでもやめられずにいた。積み重ねた時間で身に付けてしまった知識が怖かった。夢を追いかけていたはずが、気がつくと夢から逃げていた。

終了時間五分前を知らせるライトが点滅している。曲の途中にもかかわらずとつぜん演奏を止めると、それに合わせるようにピタッと二人の音も止まる。普段は嚙み合わないのに、こんなときだけ、と思ってまた腹が立った。そんなことはお構いなしに規則的に点滅し続けるライトをしばらくじっと見つめていた。

リモコンのボタンを押してエアコンを切ってしまうと、スタジオ内は完全な無音になった。片付けを終えて、電気を消して二人と時間を置いて外に出る。受付で会計をしている二人の後ろを通り抜けてトイレに入った。

壁に貼ってあるポスターやフライヤーを眺めながら、用も無いのに用を足す。そのなかで、「本気でプロを目指せる仲間を募集」と書かれた手書きの汚い文字が目についた。太いマジックの線はところどころにじんで、紙焼けして茶色くなっている。他人の夢はこんなにもうす汚く見える。

確かに本気でそう思っていた。本気でプロを目指していた。それでも、長時間蛍光灯の不健康な光に照らされて茶色くなっていく紙のように、すこしずつ自分の気持ちの変化に気がついていった。いつの間にか、客の居ないガラガラのライブハウスが音楽そのものになっていた。真っ暗なフロアで、客の代わりに現実がうごめいていた。

今ならまだ間に合う。トイレを出て、二人に今日のスタジオ代を渡して、次の練習日程を決めて予約を取る。会話なんて無くても、次を決めればそれまでバンドは続く。とりあえず今日のところはそうしておいて、今後のことはあとでゆっくり考えれば良い。そう思ってもなかなか体が動かない。

トイレのドアを叩く乾いた木の音がして、全身が硬直する。何度かその音を聞いているうちに、硬直が安堵《あんど》に変わっていく。向こうから歩み寄ってきたのだから話は簡単だ。ドアの向こうの奥山と西山の姿をイメージする。安心して、思わずこぼれた笑みを嚙み殺しながらドアを開けると、そこには見知らぬ男が立っていた。

男は苛立ちを隠さず、半身の体勢でトイレの個室内にすべり込んできた。一瞬、せまい個室内に男と二人きりになってしまって、逃げるようにトイレを出た。目の前にある受付にはもう誰も居ない。

さっきの男のバンド仲間らしき何人かが、数分前まで三人で居た部屋に入って行くのが見えた。建物の外に出ると、二人の自転車は無くなっていて、そこには自分の自転車だけがぽつんと停まっている。それを見た瞬間、何か取り返しのつかないことをしてしまった気がしたけれど、すぐに怒りでもみ消した。

さっきからくり返し、ライブハウスの楽屋の時計を見ている。見飽きたはずのこの時計がずいぶん派手な黄色だったということに今になってやっと気がついた。短針を追い越した長針に、意味もなく感情移入したりして、焦る気持ちを誤魔化していた。

リハーサルの予定時刻はとうに過ぎていて、無理を言って別のバンドにリハーサルの順番を変わってもらった。いつも通りのせま苦しくて騒がしい楽屋に、いつまで経っても奥山と西山は現れない。

二人が入り時間に遅れていることに腹を立てていた、つい何時間か前が懐かしい。リハーサルが出来なくなったこと、二人の電話が繋がらないこと、怒りの矛先《ほこさき》は何度かその向きを変えながら不安に変わっていった。

二人の顔を見るなり怒鳴りつけてやろうと思っていたのに、本番が出来るかどうかも危うくなった今となってはもう、来てさえくれれば礼のひとつも言ってしまいそうだ。それ程に、心が細くなっていた。

運悪く、今日の出演は一番目。開場時間を過ぎたころ、覚悟を決めて楽屋を出た。出来るだけ時間をかけてゆっくり歩いたつもりでも、客の居ないガラガラのフロアを通り抜けるのは一瞬だった。煙草臭い事務所の前でいちど立ち止まって、溜息と深呼吸の中間のような息を吐く。

背もたれにだらしなく体を預けたままのブッキングマネージャーが「じゃあキャンセルな。金払える？　無ければ別の日でも良いからな。っていうかお前、客どころかメンバーも来ないんじゃ話にならないでしょ」と言い終えるまでの間、一回もその目を見ることは出来なかった。

ライブハウスから銀行のＡＴＭへ向かうまでの道中、すれ違うすべての人が幸せそうな顔をしていた。夕闇のなかに、科学的で体に悪そうな蛍光灯の光で満たされた四角いＡＴＭの建物が浮かび上がる。自動ドアが開いて冷たい空調の風が首筋を撫でた。

機械の前に立ってところどころプリントの剝げたボロボロのキャッシュカードを強引に差込口に押し込む。憎しみを込めたその力はあっさりと受け止められて、あくまで機械のペースでゆっくりとキャッシュカードが飲み込まれて行く。おろしたての全財産をブッキングマネージャーに渡して、ライブハウスを出て駅へ向かった。改札を抜けてすぐ、タイミング良くホームにすべり込んできた電車だけが、自分の味方だった。

普段なら鬱陶《うっとう》しく思う駅からの距離が、こんな日にはちょうど良かった。二十分程歩いてたどり着いた奥山が住んでいるアパート。その前に堂々と停めてある西山の自転車を見て拍子抜けした。あまりにも自然に存在するソレにこっちの方が気を使ってしまって、自転車を視界に入れないよう注意して階段を上った。

ドアノブに手をかけたまま、それ以上のことが出来ずにいた。うすく頼りない木の板で隔てられて、ようやくバンドメンバーが全員揃った。相変わらず二人の電話は繋がらないし、何度ドアを叩いても反応がない。

ドアノブを回してしまえば、すぐに最後の答えが出るだろう。鍵が閉まっているときにこのアパートのドアノブを回すと、あの音がする。はじめてスタジオでギターにシールドを挿したときのノイズ音。あの音に本当に良く似た音がする。

今それを聞いたときに、すぐに納得して引き返せる自信がない。そして心のどこかでまだ二人を信じているということが情けない。何度もペンキで塗りつぶしたボロいドアが、相変わらず目の前に立ちはだかっている。

「ガッガッガッガッガッ」

頭を打ち付ける度に、ドアが音を立てる。額が熱を帯びて、次第に痛みが無くなっていく。一定のリズムはグルーヴ感を生み出して、思わず本来の目的を忘れてしまいそうになった。

「ごめん」

消え入りそうな掠《かす》れた声が聞こえたような気がした。この声は西山だろう。それでも構わず、頭で一定のリズムを刻み続けた。ドアに向かって何度も頭を打ち付ける。音楽にこんなにも未練があることが恥ずかしくて、照れてはにかむように頭を打ち付けた。

「帰れよ」

今度は奥山の声がした。今度はハッキリと聞き取れる声だった。ドアに頭をくっつけた状態で、肩で息をしながらドアノブに手をかける。金属の冷たい感触が懐かしかった。覚悟を決めて勢い良く回すと、やっぱりあのノイズ音がした。

11

携帯電話の液晶画面に表示された名前を見ても、すぐには思い出せない程ひさしぶりに聞いた声が、時間をかけてすこしずつ耳に馴染んでくる。

ずいぶん前に対バンした大阪のバンドのボーカリストで、五つ以上歳の離れた上《うえ》田《だ》君。彼は、初めて会ったあの日、ライブハウスでの中打ち上げが終わってから近所のバーに連れて行ってくれた。

うす暗い店内で、曲の作り方や詞の書き方、自分だけの表現についての考え方、色んな話をしてくれた。大阪から時間をかけて車でやってきて、「メンバーは車で寝かして待たせとくからもう一杯だけ行こうや」という誘い方も本当にかっこう良かった。その日の出演者のなかからたったひとり選ばれたということも嬉しかったし、会ったばかりの上田君と、これからはじまるポッカリと口を開けた夜のなかに入り込んでいくような気がして感情が昂ぶった。

上田君のバンドは、正直あまり好きにはなれなかった。その日に見たライブはひどく退屈なもので、メンバー全員がフロアの客に向かってひっきりなしに痰《たん》を吐いていて、最悪な印象だった。

それでも話をしていくなかで、上田君の音楽への熱い気持ちを聞いていると「真夜中、を彷徨《さまよ》うなか、お腹のなかには、さっきのモナカ、遠ざかっていくお前の背中、モナカをくれたお前の背中」という最後の曲の意味不明なラップも、かっこう良く思えてきた。

生まれてはじめて頼んだジントニックは、おどろく程細いグラスに入っていて、メニューを見ると千円を超えていた。口を付ける度に、グラスに対して大き目の氷がカラカラと音を立てて、鼻の下が濡れる。しっかりと口を結んで、できる限り最小限の量を喉にながし込むと、柑橘系の香りとうすい酸味が鼻の奥に抜けていった。

上田君は、目の前のテーブルにビールの小瓶と小さなグラスをならべて、熱い音楽談議の合間に思い出したようにグラスに口を付ける。話の合間、火のついた煙草の煙がこっちに流れないように首を左に向けて煙を吐いたり、空になったグラスにビールを注ごうと伸ばした手を、くしゃくしゃにした申し訳なさそうな顔で「気使わんとってよ、勝手にするし」と制する上田君がひどく大人に見えた。

そのとき、せっかくこんなところで酒を飲ませてもらっているのだから、すこしでも上田君に気持ちよくなってもらいたい。そんな自分の浅はかな気持ちまで制されたようで急に恥ずかしくなった。

　ほかに客の居ない店内、カウンターの奥にひとつだけ置かれた小さなテーブルに向かい合ってから十五分程たって、上田君が「おっ、ストーンズやね」と店内のBGMのレコードのジャケットを手にとった瞬間に、確信に変わった。

　どうにかして気にしないようにしていた上田君の、異様に大きく、前に突き出した歯。何かしゃべり終えたあと、必ずかわいた歯茎《はぐき》に上唇が引っかかって、苦しそうな顔でその上唇を元にもどす上田君のうす気味悪い顔。どうしても、それが気になって仕方がなかった。

　こんなにすてきな体験をさせてくれている上田君に対して、どうしてこんなことを考えてしまうのだろう、という気持ちを遥《はる》かに押さえつける。まるで、偉そうに語られる音楽論に打つ句読点のように、毎回期待を裏切らずに歯茎に引っかかる、上田君の上唇に対する嘲笑。

　なんとかしなければと必死になって気持ちを整えていると、しばらく黙り込んでいた上田君がとつぜん口を開いた。

「そろそろ行くわ。チャージ代はこっちで出しとくから、千円だけもらえる？」

　もう見慣れた間抜けな顔から、予想外の言葉を聞いておどろいた。店内の時計は、終電をとうに過ぎた時刻を表示していて、財布のなかの千円札を抜きとる手が重たくなった。ぽっかりと口を開けた夜のなかにたったひとりで飲み込まれていく不安よりも、今はただ大きな怒りで言葉が出てこない。

「どうしたん？　もう眠いんか？」

上唇を歯茎に引っかけた上田がたずねる。歯茎は受けとった千円札に残りの金額を足して会計を済ませると、満足気に煙草に火をつけた。さっきまでは感じなかった煙の臭いが不快で顔をそむけると、店内ＢＧＭとして流れているレコードのジャケットが目に入る。目を凝らしてみると、ジャケットには「ヤードバーズ」と書かれていて、つい数分前の「おっ、ストーンズやね」という歯茎の言葉を思い出して、無性に腹が立った。

店を出ると、つよい雨が降っていて、また一段と憂鬱《ゆううつ》になった。ふらふらとした足取りで前を歩いている歯茎が振り返って、「そこ、気いつけや、頭打ったら大変やからね」と心配そうにこっちを見ている。背の低い自分の遥か頭上に、申し訳程度に突き出したブロック塀の角が見えて、また腹が立った。

人気《ひとけ》の無い駅の入口で階段に座り込んで、屋根を伝って落ちていく雨水を見ながら、閉じたシャッターが開くのをひたすら待った。視界の隅で段ボールが動いて、なかから真っ黒い老人が顔を出してこっちを睨みつけている。夜のなかに同化した、真っ黒い顔のなかで二つの目がハッキリとした敵意を持ってこっちを見ている。これから始発までの間、一体どうすればいいのか。目を閉じてみてもたいして変わらない、それ程に深い闇のなかで、途方に暮れた。

「もう悲しみをふりかけて食べるしかない。そんな状況でもな、それで腹がふくれたら儲《もう》けもんやんか」ついさっきバーで聞いた歯茎の言葉が、頭のなかでずっと鳴っていたけれど、やがて雨音にかき消されていった。

新宿駅西口の夜行バス乗り場。自分が乗るバスを探して走りまわったせいで、汗まみれになって肩で息をしている。どこかで見覚えのある蛍光色のダサいウィンドブレーカーを見つけて、係員に案内されて車内へ入った途端、効き過ぎた冷房が汗まみれの身体を冷やしていく。

しばらく車内を見渡して探し当てた座席が窓際だったよろこびも束の間、隣の座席にものすごく太ったスーツのオッサンが腰を下ろした。見ているだけで体中がチクチクしてくるような厚手のスーツは、あちこち毛羽立っている。

スーツのオッサンが座席にもたれた衝撃で、風と一緒になって生乾きの嫌な臭いがした。せまい座席、体の前で抱きかかえるようにして目の前に置いたギター。ソフトケースの左側が、どうしてもオッサンの足に当たってしまう。パンパンにふくらんだビニール袋のような足の感触が、抱きかかえたギターケースを通して微かに伝わってくるのが不快でたまらない。

運転手から簡単な注意事項があってバスはすぐに出発した。窓から都内の見慣れた景色を眺めながら、これからのことを考える。ときどき思い出したように動くオッサンの右足を軽く押しかえしながら、上田君からの電話の内容を思い返した。

「雲泥《うんでい》の差っていうバンド知ってるやろ？　そこのボーカルのポンさん。あのポンさんといっしょにライブできるなんて夢のような話やん？　俺がその日どうしても出れんくて、まだひとつその枠が空いててな。京都に来れるんやったらどうかなって。ポンさんおったら客も入るやろうし。だからどうかと思って電話したんやけど」

そのバンドのことはまったく知らないし、そもそも上田君のバンド名でさえも、もうわすれてしまって思い出せない。それでもまだ行ったことのない京都でライブができて、何より弾き語りのイベントだからひとりでもやれる。バンドメンバーが居なくなって、これから新しくはじめるにはちょうど良い機会だと思って、二つ返事で京都行きを決めた。

嫌味を言われながら何度も頭を下げてシフトを変えてもらうときも、すこしでも安い夜行バスのチケットを探して金券ショップの店頭に貼りだされた数字の羅列を眺めているときも、京都でまち受けているであろう、まだ見ぬ新しいなにかを思って自然と笑いが漏れてきた。

バスが高速に乗って、車内の電気が消えると、一瞬にして空気が変わった。いたるところでカーテンがレールをすべる音がして、さらに車内が暗くなる。ほんの数分前まであちこちから聞こえていた、ビニール袋に手が触れる音や、誰かが鞄のなかをまさぐる音も消えて、いまはバスのエンジン音だけがしずかに聞こえている。

反射的に閉めてしまったカーテンの端を恐る恐るめくると、反対車線を走る車や、ビルの看板を照らすライトの灯りが見えてすこし安心した。

ようやく暗闇に慣れてきた目が、しずまり返った車内の様子をぼんやりととらえはじめたころ、左側から工事現場で聞くような騒音が聞こえてきて、嫌な予感が的中した。大きく口を開けたスーツのオッサンは、眠りに落ちてうるさくなった。

不規則なリズムでくり返されるイビキは、その音以上に、眠れずにひとりだけ周りから取り残されているという、ドロドロとした焦りと不安を耳のなかに流し込んでくるようで怖くなった。こんなに至近距離で、会ったことも話したこともない大勢の他人が眠っているという不気味さが怖くてたまらなかった。

カーテンで仕切られていて、運転席の様子はまったくわからない。それでも、すくなくとも、あの向こうにまだ起きている人が居るということが嬉しかった。バスが高速に乗ってから何時間か経ったころ、ゆっくりと落ちていく速度のなかで、大きく切った運転手のハンドル操作にしたがって重心がかたむいた。窓側にもたれかかるとザラッとしたカーテン生地の感触が耳全体にひろがって、程無くしてバスは停まった。

さっきまでが嘘のように、一瞬で車内が騒がしくなる。ようやく口を閉じたスーツのオッサンは、目を覚ましてしずかになった。マイクを通して、運転手の抑揚のない低い声が車内全体にひびく。

「只今から十五分休憩とさせていただきます。出発時刻は二十三時五十五分となりますので、時間厳守でお願いします」

何十人もの乗客に続いて外に出たのにもかかわらず広大な駐車場には人影がまばらだ。どれもいっしょで見分けの付かない高速バスだけが等間隔に何台も並んでいて、気味が悪くなった。それでも目を凝らすと、人影はイビツな線になって公衆トイレの方角をしめしていて、そのあとを追った。

予定時刻を過ぎてもバスが動き出さないことで、車内の空気がすこしずつ変わっていくあいだ、ひとりで苛立ちを抑えられずにいた。運転席からは慌ただしく無線でやりとりをする声が聞こえる。

出発の予定時刻を十五分程過ぎてバスに乗り込んで来たスーツのオッサンが、乗客の鋭い視線を気にもとめずに歩いてくる。パンパンにふくらんだあの足が、他の乗客の座席の端にぶつかるたびに、オッサンが手にさげたビニール袋が乾いた音を立てている。

息を切らしてようやく座席にたどり着いたスーツのオッサンが腰を下ろすと、さっきまでしずかだった小さな背もたれは大きな音を立ててオッサンの体を受け止めた。

「大変申し訳ございません。予定時刻を十五分程遅れて出発させていただきます」

スーツのオッサンがビニール袋に手を突っ込んで、なかをまさぐる音のなかで、抑揚の無い低い声のアナウンスを聞いた。動きだしてしまえば、何事も無かったかのようにバスはゆっくりと速度を上げていった。

窓を叩く、フライパンのなかで油が弾けるときの音に気が付いてカーテンをめくると、いつの間にか強まった雨が窓ガラスに打ちつけられて、四方八方に蟻《あり》のようにはいずりまわっている。

子供のころによく見た、駄菓子屋のシャッターが半開きになっているあの状態。すぐにでも開店するのではという期待と、今日は定休日なのではという不安が入り混じったそんな、意識と無意識の真ん中。

そんな場所で曖昧に目を閉じているつもりだったけれど、乗務員に肩を叩かれておどろいた。確かにそのとき、目を覚ますという感覚がハッキリとあって、自分の認識よりもしっかり眠っていたことに気がついた。車内にはもう誰ひとりとして乗客は残っておらず、ふと足元を見るとポッカリ空いたとなりの席の下に、マヨネーズが付いて鈍い光を放つレタスの欠片が落ちている。

スーツのオッサンがまさぐっていたビニール袋のなかのサンドウィッチと、確かに耳元で聞いた、レタスの芯を噛み砕く大きな咀嚼音《そしやくおん》を思い出した。

バスを降りると、目の前に見慣れた景色がひろがる。どこの街も駅前はたいして変わらない。早朝のまだ澄んだ空気のなかで、スーツ姿の人影がまばらな列になって駅に吸い込まれていく。それでも、あちこちで「京都」という文字を見つけては、嬉しくなった。

冷房がよく効いたすずしい店内。イスに座った状態で、だらしなく伸ばした右腕に顔を乗せた。九十度傾いた視界の先には、レジで接客している若い店員の姿が見える。黒髪をひとつにまとめた健康そうな女が、快活な声で次から次へ客に商品を提供していく。励ますように、バイト仲間にときおり笑顔を見せながら、与えられた場所でしっかりと躍動している。

もう数時間前に食べ終えたハンバーガーの包み紙が、蕾《つぼみ》から咲いたばかりの花のように開いて、視界の隅で鬱陶しい。トレイに敷いてあるチラシが飲み物の容器から垂れた水滴で濡れて、広告写真のなかの女の笑顔は歪んでいる。

顔を上げて、体勢を元にもどしてからハンバーガーの包み紙を握り潰すと、包み紙に付いていたケチャップで左手の親指が汚れた。レジの奥の時計を見る。この店に来てから、もう五時間以上が経っていた。それでも、ライブハウスから指定された入り時間までは、まだ二時間以上もある。

地下鉄の駅。改札を出て「3－1」の階段を上ると、広々とした大通りに出た。とつぜんひらけた視界に面くらって、いま来たばかりの地下鉄に続く階段の方を振り返ると、大きな口を開けた真っ暗な階段に、子供の手を引く母親の後ろ姿が吸い込まれていくのが見える。それを見て、さっきまで浴びていたカビ臭くて生温《なまぬる》い地下鉄の風を思い出した。

道路を走る車の遥か先に、うすぼんやりと連なった山が見えていて、反対車線からは何台もの観光バスが走って来る。バス停の前で、大きなリュックを背負ってガイド本をのぞき込んでいたタンクトップ姿の外国人カップルが、辺りを見まわしながら恐る恐るバスのなかに乗り込んでいった。

事前に調べていた住所が書かれたメモを財布から出して、目の前の横断歩道を渡って交番へ。なかに入ると、古臭い畳の臭いと、中華料理の匂いが充満している。人を拒むようなその臭いの奥から、わざとらしく腹の突き出た中年の警察官が出てきて、受け取ったメモ用紙を見て面倒臭そうに顔をしかめた。それでも、油で鈍く光った口元を動かして、どうにかライブハウスまでの道のりを説明してくれた。

どれも似たような路地で、進んでいるのにもどっているような錯覚におちいりながら、何とか目的地にたどり着いたころには汗まみれになっていた。東京では珍しい、建物の周りが草で覆われたライブハウスの入口のドアを開けると、せまいライブハウスに充満したエアコンの冷気で背中の汗が冷えて気持ちよかった。左奥の小さなバーカウンターから顔を出した男に簡単な自己紹介をする。

「上やんの紹介の子やね。おはよう。リハまで時間あるから適当にゆっくりしといて」

突き放すようでいて親しみのある、その眠たそうな声にしたがって、目についたイスに腰を下ろした。すぐに後ろのドアが開く音がして、背の高い男と背の低い女が順番に入って来た。

「店長、ポンさんまだやんね」

背の高い男が、さっきの眠たそうな声の男にそうたずねる。その後ろからライブハウスのなかをのぞき込んだ背の低い女が、わざとらしい動作で辺りを見渡して、その質問の答えが返って来るよりも先に「ポンさんまだやね」と呟いた。

「上やんの紹介で東京から来た子」

店長が相変わらず眠たそうな声で、背の高い男と背の低い女にそう言った。そのとき、さっきまでとは違ってその声のなかには、隠れている犯人を見つけたときのような、何かを知らせる警報のような意地悪さがあった。

それを聞いた二人がとつぜん会話をやめて、一瞬でライブハウスがしずまり返ったことで、そのことは確信に変わった。しばらくして何事も無かったかのように背の低い女が、わざとらしく大きな声で話し始める。

「ポンさん今日ライブ見てくれるかな。この前の打ち上げで言われてな、お前はこのまま音楽続けてどうなりたいん？　って。何となくでやっていって、何となくで認められて、それでどっかのフェスに出られたりすればいいんか？　って。そんなのカスみたいな音楽リスナー（笑）に中途半端に吊るしあげられて終わりやぞ、って。しょうもない仕事で稼いだ金をコツコツ貯めて、現実から逃げる為に登山家崩れみたいな格好でフェスの会場にテント張って、そのテントのなかからたまたま聴こえて来たお前の歌を聴いて、ひどいね、もうこのフェスも終わりだ。なんて言いながら、選民意識で沸《わ》かした湯でコーヒー淹れてすすってるようなヤツらにな、って。そのときのポンさんの話に影響されて作った曲、今日聴いて欲しいなぁ。それにしても、選民意識で沸かしたコーヒーってさ、さり気なく出て来たように感じるけど、改めて思うと凄い言葉よね」

その話を受けて、巻紙のなかに巻煙草の葉を詰めながら、何度も深くうなずいていた背の高い男が話し始める。

「確かになぁ。ポンさんの言葉は本当に鋭いよなぁ。しっかりと本質を捉えてるのに、ゆったりとした余裕があって、最短距離で心地よく耳に入ってくるんよね。あの話も凄かったよ。お前は客を信じてるかって聞かれてさ。数もすくないし、まだそんなことちゃんと考えたことも無いですって言ったらさ、それ数がすくない今だからこそ考えるんやろ、って言われてさ。そのときのポンさんの顔がもう凄くってさ。俺もうこの人には全部バレてるって思ったら固まってしまってさ、そのあとはもううなずくのもわすれて話を聞いてたんやけどさ、要はすぐに消費されて消えるぞってことでさ。高校生が飛びついて、夢中になって聴いてたのに、そいつは大学生になった途端あっさりと離れていって、親からの仕送り使って、居酒屋でカシスオレンジ飲んで酔っ払って便所でゲロ吐いたりしてるようなそんなヤツに、あぁ俺高校時代これ聴いてたわ、とか言われて懐メロ扱いされる。やっと気が付いたときにはもう遅くて、残ったのは、今日あの人、大丈夫かな……最近声が全然出てないし……見るのも怖いけど、でも私はちゃんと見ていてあげないと……でも、これ以上ひどくなるようなら、もう辛くて付いていけないかもしれない……そろそろ潮時なのかも……なんて言いながらライブに通う、修道院のシスター気取りの天からすべて見てます的な客しかおらんくなるぞ、っていうことを言われてさ。それから自分なりに出来ることを考えて、一切ライブ告知をするのをやめたんよ。ファンを疑えとは言わないけど、ファンを信じるなよっていうポンさんの、そのときの締めの言葉に対しての俺なりの答えがそれでさ」

くしゃくしゃに潰れた巻煙草のパッケージ。その表面を何度も神経質に右手の指先で払いながら、背の高い男が長い時間をかけてようやくフィルターを取り出すと、終わりの見えない不毛な話に句読点を付けるように、パッケージ同様顔をくしゃくしゃに歪めて口にくわえた。

ライブハウスのドアが開く音がしたのとほぼ同時に、くしゃくしゃに歪んだばかりの背の高い男の顔が、祈るような、照れるような何とも言えない表情に変わった。大袈裟な音を立ててイスから立ち上がった背の高い男の視線の先には、小太りの男が立っている。その小太りの男は、胸元に大きく筆文字で「雲泥の差」と書いてあるよれたTシャツの襟首を右手で摑むと、乱暴に引き寄せて口の周りをぬぐった。

普段スーパーで相手にしている仕事帰りのサラリーマンにとても良く似た、その男の冴えない容姿に説得力を持たせているのは、間違いなく髪型だ。スポーツ刈り。

小学生のころに、何ヶ月かに一回、親に千円札を二枚握らされて強制的に近所の床屋へ行かされた。長い時間をかけてようやくすこしずつ伸びて来た自意識までもいっしょにバリカンで綺麗に刈り上げられて、僅《わず》かに残ったお釣りを持って駄菓子屋の前で、買ったばかりの駄菓子を食っている。

風が襟足《えりあし》に吹き付ける度、つい何時間か前とは違ったそのすっきりとした感触に、自分はまだ子供なんだとハッキリと自覚する。そんなことを一瞬で思い出すような、何の気遣いも感じられない、ただ短くするということだけに特化した髪型のその男を、ここに居る自分以外の全員が羨望《せんぼう》の眼差しで見つめている。

小太りの男は、やけに甲高い声で「俺の空気が残ってるやないか」と言いながら、せまいライブハウスのフロア中央まで歩いて来ると、背の低い女が慌てて用意したイスに大袈裟な音を立てて腰を下ろした。全体重を受けて、呆《あき》れたような、間抜けな音を出したイスだけが、自分の味方で居てくれるような気がした。

「お前等俺の話してたやろ？　そんで俺が来たから慌てて消したやろ。俺の火を。まだ俺の煙が出てて、その辺漂ってるのわかるやろ？　俺が入って来たときに、俺の煙が残ってるのは、俺に失礼やろ。入って来てすぐに、俺の感じが残ってるなんて、そんな恥ずかしいことはないで。こうやって今日みたいな日は、俺が来る前に俺の話はそらするやろ。そらええけども、俺が来たときにはもう綺麗な状態にしとかな。話に、空気に、シュッてしとかな。除菌抗菌しとかな。そこからまたはじめる俺の立場を考えな。そんなん大変やん。とてもじゃないけど対応出来んよ。まぁはじめるけど。そらやるけどな。やるしかないからな。ただシュッとだけしよ、それだけはしよな。除菌抗菌な」

小太りの男がそう言い終えると、背の低い女が顔の中心から嫌な音を立てて泣きだした。まんべんなく涙で濡れた顔を、潰れた果物みたいな形に忙しく動かしている。

背の高い男はイスから立ち上がって項垂《うなだ》れているけれど、万引きをするときの中学生のような表情で、そっと背の低い女の腰に手を回した。店長は黙って何度もうなずいている。

「でもな、こうやって気付けたんやから。何でも表裏一体やん。例えばな、ヨーグルトとかアイスクリームとかの蓋の裏にちょっとだけ付いてるやつ、あれ美味いやん。今回はそれ食べたみたいなもんやん。今日みたいな失敗にもかならず美味いところはあるやん。だから今回は美味しくそれ食べて次に繋げたらいいやん。次はそれを自分の力で表にひっくり返して、腹一杯食べたらいいやん。ただ、蓋の裏のやつは、それはそれで凄く特別なやつやから、本当に大事なんやで。あれってなんであんなに美味いんやろな。不思議やな」

小太りの男がそう言い終えると、背の高い男が「ありがとう」と呟いた。背の低い女が喉から絞り出した嗚咽《おえつ》を何度か聞いてから、背の高い男はもういちど確かめるように、「ポンさん、ありがとう」と言った。

一体ここで何が起きているのか、一瞬の出来事で訳もわからないまま、店長に促されてリハーサルの為にステージに上がった。

高さ五十センチメートル程のステージから見下ろすと、余計に小さく見える小太りの男を取り囲むそれは、ついさっきまでとはまったく違った空気だった。紛れもなく小太りの男がイチから作り上げた、小太りの男の空気だった。

ギターを取り出すために、ソフトケースを開けると、なかから自分のよく知っている匂いがして、すこしだけ気持ちがやすらいだ。チューニングをして、カポタストをギターに付けてからマイクの前に立つと、店長が思い出したようにＰＡ卓に向かって歩き出した。

「ほんなら適当に曲で」

店長の言葉を待って、目の前のマイクに口を付けた瞬間、思わず仰《の》け反った。耐え切れない程に、強烈な唾の臭いがする。誰のものかもわからない、その饐《す》えた臭いが、鼻腔を通り抜けて身体全体に沈殿して行く感覚に襲われる。

仕方なく、もういちど口を付けると、今度はベタついたマイクの表面が口に張り付いてくる。マイクを通してライブハウスに反響する自分の声に、まったく集中出来ないまま、リハーサルは進んで行く。

「なぁ、あの子のアレちゃんと見とき」

「アレですか？　アレに何かありますか？」

「アレわからんの？　ポンさんがこの前言ってたことやん。この前の打ち上げで話してくれたこと。マイクに対しての口の角度ですよね？」

「そうや。一個はな。もう一個言うてみ？」

「もう一個？　何やろう。もう一個かぁ」

「ポンさん俺わかりましたよ。逃げてる」

「そうや、ようわかったな。いくらなんでもアレはなぁ」

「逃げたら終わりやね。私は戦うわ」

「そんなん俺もそうやで。当たり前やん」

「そうやな。でもその当たり前をやるのが大変なんよな。だって実際問題アレ見てみ。出来てへんやん」

「でも何で出来んのやろう。あんなに簡単なことが。何でですか？」

「はぁ？　そんなの知らんよ。あの子に聞いたらいいやん。そんなことを俺に聞くなんて、Yahoo!の検索画面にGoogleって打ち込むみたいなもんやん。やってることが矛盾してるよ。だからあの子に直接聞いたらいいやん。俺はYahoo!やん。だからあの子に、Googleに聞いてや。まぁYahoo!にGoogleって打ち込んでも答えは出るんやけどな。でもその遠回り要《い》る？」

リハーサルで歌っている曲の後ろで、明らかに自分をネタにした三人の会話が聴こえて来て、腹が立ってますます気が散って行く。また、こんなときに限って自分が歌いはじめたのが、アルペジオでギターを爪弾きながら歌うバラード曲で、小声の会話でもしっかりと耳にはいってくる。

すべての元凶である、臭くてベタついたマイク越しに、腕を組んだ三人組が、神妙な面持ちでこっちを見ている。背の高い男が、右手に持っていた巻煙草をひと口吸い込んで、ため息のように大袈裟に吐き出すのが見えた。

「なぁ、ちょっと」

リハーサルを終えて中腰の姿勢で片付けをしていると、頭上から小太りの男の声が聞こえた。恐る恐る見上げると、さっきまでとは正反対の満面の笑みでこっちを見ている。何か褒められるのかと、微かな期待が湧き上がってきて、緊張した。

「そのカポ貸してくれへん？」

ケースにしまおうと、腕のなかに抱きかかえているギターに付けたカポタストを指差して「それ貸して」と小太りの男がもう一度念を押すように言った。やけに甲高いその声を頭のなかで反芻《はんすう》しながら、カポタストに目をやると、楽器屋で何となくの気分で選んだ派手なピンク色のそれが急に気恥ずかしくなった。むしり取るようにギターからカポタストを外して小太りの男に差し出すと「ありがとう。本番までには返すし。こんなんもあったんやね。ピンクええなぁ」と言って、ついさっき見たばかりの満面の笑みで受け取った。

チューニングをして、カポタストをギターに付ける。マイクの前に立って、口を付けた瞬間、小太りの男が眉間にシワを寄せて、マイクから離れて叫んだ。

「臭い。なんやこれ。全体がベタついてるし。なんなんやこれ」

視線を感じて振り向くと、背の高い男と背の低い女が、物凄い形相でこっちを睨みつけている。しきりにステージに唾を吐いている小太りの男。店長が大急ぎで持って来た新しいマイクを、マイクスタンドに付け替えて、リハーサルが再開した。

「生まれた時からずっと、もうずっと本当にずっと、もうこの方《かた》、本当に、もっと、ずっとずっと、定期的に、まるで永遠の約束のように、永遠の約束のよに。小さな小さな乾いた咳が出るよ。ねぇ、聞こえる？　コホン」

到底理解出来ないその歌に、背の高い男と背の低い女は、しきりにうなずいている。当たり障りのない声と抑揚のないメロディーが印象的だ。「新曲なのになんでこんなに入ってくるんやろ」と呟いて頭を掻いた背の高い男の肩を「ほんまそれ」と言いながら、背の低い女が背伸びをしながら叩いた。背の高い男はもういちど「入ってくるわぁ」と呟いて、わざとらしくうなずいた。

本番まで、どこを探しても小太りの男は見つからなかった。ステージから見下ろすフロアには、一瞥《いちべつ》しただけで、両手で数えられる程の人数しか居ないことがわかる。

ひとつ前に出番を終えた、自分なりに出来ることを考えて一切ライブ告知をするのをやめたと言っていた背の高い男が、巻煙草を吸いながら達成感を滲《にじ》ませた表情でガラガラのフロア後方にたたずんでいるのが見える。その横では、今日最初の出番で「選民意識のコーヒー」というボサノバ調の新曲を披露した背の低い女が、客から回収した数枚のアンケートを熱心に読み込んでいる。

ライブ開始の予定時刻が過ぎて、客電が落ちても、小太りの男は現れなかった。仕方なく演奏をはじめてみたものの、カポタストが無いせいで普段より低いキーで歌わなければならず、思うような声が出せない。借り物の靴で短距離走をするような心地の悪さで、じわじわとライブが進行して行く。不完全な歌と一緒に口から吐きだした怒りが、ライブハウスに充満していった。

最後の曲のイントロを弾きはじめた瞬間、ライブハウスの扉が開いて、小太りの男が入って来た。そのままフロア後方に立ち止まって、腕組みをして審査員のような目つきでじっとこっちを見ている。「本番までには返すし」という約束は果たされることなく、普段よりも低いキーで、無理をして歌う苦しそうな自分の声が、客の疎《まば》らなフロアに響いている。

12

「もう出してくれました？　二千円。まず最初に集めないとわからなくなっちゃったらアレだから。こういうのって、絶対あとでわからなくなるんだから。出してくれました？　二千円」

打ち上げ会場の、とてつもなく汚い居酒屋の座敷。毛羽《けば》立った畳の上に座って、テーブルをはさんだ向かいの見知らぬ女に、執拗に金をせびられている。

恐らく、今日のライブに来ていた客と思われるその女の向こうには、剝き出しになった、居酒屋の厨房の様子が見える。業務用フライヤーの横に置かれた真っ黒になった台拭きのなかから、黒い塊が素早く飛び出して地面の方に消えていくのが見えた。

洗い場の下には埃《ほこり》まみれのポリタンクがいくつも並んでいて、茶色く焼けた無数のメモ書きが貼られた巨大な冷蔵庫の上に横たわっている履き潰した白い長靴の底には、ヘドロのような黒い汚れがこびり付いている。

だらしなく地べたに座り込んだ人影が、厨房の隅で丸めた背中を小さく揺らしながら、じっとこっちの様子をうかがっている。いつか戦争映画で観た、ガリガリに痩せこけた日本兵とおなじ、極端に盛り上がった眼窩《がんか》の間に横向きの線を一本引いただけの、細い目をしている。

「二千円。とりあえず二千円出してもらって。でもカクテルを頼むんなら高くなるでしょう？　アレがいちばん迷惑だから。会計が跳ね上がるから。会計が歪むから。カクテルは本当に危険。カクテル頼んで迷惑かける位なら私は、もし私だったら、この段階で、先に、すこし多めに三千円払うけど。どうします？」

さっきの女が、今度は隣に座っている別の女に話しかけている。何となくテーブルの上に置かれているメニュー表に手を伸ばす。油汚れでくすんだ厚いビニールのカバーが掛かったそれは、ずっしりと両手のなかに沈み込んだ。

メニューのなかを開こうと力を加えても、ページ同士がべったりと貼り付いていて、一向に動かない。仕方がなく裏面を見ると、仰々しい筆文字で「見せる料理は魅せる料理。まずはその目で確かめて」と書いてあった。

小太りの男がスポーツ刈りの僅かな襟足を手で撫でながら、無愛想な乾杯の音頭を取って既に一時間以上が経った。自分が座ったテーブルを囲んでいるのは見ず知らずの人ばかりだ。打ち上げ冒頭の簡単な自己紹介のなかで、全員が今日のライブを見に来た客であることがわかった。そして自己紹介を終えてしまうと、それ以降会話が途切れてしまった。

他の出演者達は座敷の反対側のテーブルに固まって、ときおり大声を上げたりして、楽しそうに酒を酌み交わしている。すこし遅れてやって来たライブハウスの店長も、こっち側のテーブルを一瞥しただけで、すぐに反対側のテーブルに腰を下ろした。

この店に入ってから咳が止まらない。ヒリヒリした喉の痛みは、恐らく大量の埃を吸い込んだせいだろう。たとえそうでなくても、そう思わせる程にこの店は汚い。目を細めると、季節を無視して、粉雪のような埃が舞っている。

居たたまれなくなって席を立って、向かったトイレの個室内は、水浸しになっているせいでタイルが鈍く光っている。腰を下ろす前に、先端をすこし千切ってからトイレットペーパーを手に巻きつけて、何度も便座を拭いた。

便器の横には、見るからに不潔そうな清掃用のモップが立て掛けてある。たっぷりと水を吸った灰色の先端部分にまぶされたトイレットペーパーのカスは、絶妙なアクセントになっている。

ちょうど目の高さまで積み上げられた雑誌の山のいちばん上を手に取ると、冷たくなった紙の感触がした。何となくめくった後ろの方のページには、クロスワードパズルが掲載されていて、四角いマス目にはもう既に答えが書き込まれている。鉛筆を使って、イビツな線で書き込まれたその文字を見ていると、どの答えも間違いだということがはっきりとわかる。

ドアノブを回す音で我に返った。鍵の部分で金属と木が擦れ合う音がして、何度目かで、それがノックの音に変わった。ドアの向こうから大きな笑い声が聞こえて、それを遮《さえぎ》るようにもういちど、握った拳《こぶし》を木の板に叩きつける音がする。

慌てて腰を上げた拍子に手が触れてしまい、脇に立て掛けてあったモップが倒れて来た。思いがけず、反射的にモップを避けたせいで、足をすべらせて水浸しの床に尻餅をついてしまった。

一瞬体が宙に浮いて、大きな音を立てたあとに、得体の知れない水がズボンを突き抜けて、パンツに染み込んで行くのがはっきりとわかる。ゴツゴツしたタイルの感触を尻で確かめていると、ドアの向こうから「大丈夫ですか?」と女の声が聞こえた。

水を吸って重たくなった尻を引きずるようにして立ち上がる。トイレのドアを開けると、さっきまでおなじテーブルに居た、打ち上げがはじまる前に、金を集めている女にカクテルのことを言われていた女がドアの前に立っている。

歯茎を見せて不自然な笑みを浮かべた出っ歯の女に、会釈をしてからテーブルにもどった。畳に腰を下ろすと、貼りついた下着とズボンが座布団を濡らした。すっかり冷え切った尻の辺りから、どこにもぶつけようのない怒りが湧いてくる。

程無くしてもどって来た女を見てみると、口を真一文字に結んで、真剣に、何か考え事をしているような表情をしている。トイレの前で女が口を開くまで気が付かなかったけれど、これは、必死になって口からはみ出した歯を隠そうとする表情だ。

鼻と上唇の間を不自然にふくらませて、あきらめるような目で、それでもそうせずには居られないといった表情。隠そうとしていることが隠せていないこともわかった上で、それでもこうすること以外に方法がない。そんな表情。

「あぁ、お疲れさん。気いつけてね」

反対側のテーブルへ、先に帰る旨を伝えに行くと、店長が相変わらず眠たそうな声でそう言った。それだけで、何やら熱っぽく話をしている小太りの男も、その向かいで涙を流している背の低い女も、その女の肩に手を置いて深くうなずいている背の高い男も、とくに気に留める様子はなかった。

13

深夜の繁華街は人であふれかえっている。ゆったりと流れる川の上を、忙しそうに人々が流れて行くのをぼんやり眺めながら、これからについて考えた。人混みは次から次へと形を変えて、川はその姿を水面に映している。

暗闇で鈍い光を放つ川の流れ。しばらく眺めていると、その奥底に引きずりこまれそうな錯覚に陥る。こんなとき、背中に背負《しょ》ったギターに安心感を覚える。両肩に食い込むソフトケースの感触が、ふわりと浮いてしまいそうな頼りない体に、重りのようで頼もしい。

泊まる場所も無いのにこうして夜の京都の街にひとりで立っている今の自分が、あわよくば仲良くなった共演者に「今日、泊まるところ無いなら家に来れば?」なんて言われたりするかも知れないと思って、出会ったばかりの人の家でちゃんと眠れるかどうかを心配していた昨日までの自分を呪った。

橋の手すりにぐったりともたれかかる女を取り囲んで、大学生らしき男女の集団が喚声を上げている。具合の悪い女を真剣に介抱しているのはひとりだけで、あとの残りは、まったく関係のない会話で盛り上がっている。

介抱しているひとりは一所懸命に体を揺すってみたり、話しかけてみたり、ペットボトルの水を飲ませてみたりしているけれど、ぐったりしている女の状況は一向に変わらない。しばらくして介抱しているひとりが、ぐったりしている女の口元に焦った様子でビニール袋を持って行くのが見えて、それ以上目で追うのをやめた。

飲み屋、キャバクラ、風俗店、ラブホテルが建ち並ぶ細い路地を、何台もの車がスピードを落とさずに走り去って行くことにおどろいた。そのなかで、Yシャツの上に黒いベストを着て酔っ払いの通行人に話しかける強面《こわもて》の客引きも、フラフラとした足取りで客引きを避けながら次の目的地へ向かう通行人も、そんな車を気にも留めずに平然とやりとりをしている。

ポケットのなかの携帯電話が震えているのに気がついて胸が高鳴った。ポケットから取り出しても、手のなかでまだ力強く震えているソレにすがるように液晶画面をのぞき込む。表示された登録外の見知らぬ番号を見て、ますます期待がふくらむ。

「出せないだろこれ……はんぺん……はんぺん、はんぺんだよ、コノ野郎。はんぺん……どうするんだよ……こんなに。はんぺんを……クソ……クソ……クソはんぺん」

親指で携帯電話の通話終了ボタンを押すと、間抜けな多賀さんの声が消えた。京都に来る為にシフトを調整してもらおうとして多賀さんとモメたとき、腹いせにはんぺんを大量に発注しておいたことを今思い出した。

「それは、受け持った仕事に穴を開けてまで自分の趣味を優先するっていうことでいいの？　そんなの常識では通用しないよね。常識ではね。じゃあ今のこれは？　そうだね。非常識だね。残念ながら。自分が撒《ま》き散らした火の粉は必ず誰かに降りそそぐんだよ。さすがにそれはわかるよね？　自分の欲望の裏側で誰かが犠牲になる。せめてそれはわかっていて欲しいな。そんなことも考えられない奴に限って、こうしている間にもアフリカではワクチン打ってから考え直せって言いたいよ。それに、募金箱持って街頭に立ってる奴だってさ、本当に金を寄付したいならそんなことしてないで働けば良いんだよ。その時間を使ってアルバイトでもして、そこで稼いだ金を寄付すればいいじゃない。あんなのは偽善を盾にしたタカリだよ。その点、選手は素直だね。欲望に忠実だね。こっちが照れてしまう程の欲望だね。もう全裸。素っ裸の欲望。せめてパンツくらい穿《は》きなよって言いたくなる程の、清々しい欲望。すばらしいね。最高だよ」

あのときの多賀さんの言葉を思い出して、大量のはんぺんを発注するのも無理はなかったと、自分で自分に納得した。

もういちど手のなかで携帯電話が震えて、さっきとおなじ番号を液晶画面に表示している。小さな振動が手のひらに心地良い。はんぺんだらけの店内で多賀さんが途方に暮れているところを想像して、ふと懐かしい気持ちになった。しばらくすると携帯電話はしずかになって、手のなかには懐かしさだけが残った。

「あのぉ、ちょっと」

向かいの道路を歩いて行く中年のサラリーマン二人組。その会話よりも小さな声が、とつぜん背後から聞こえた。振り向くと、さっきまで居た居酒屋のおなじテーブルに座っていた、あの出っ歯の女が立っている。

「しっかり自分にあったキーで歌ってあげないと歌がかわいそうです。それだけ伝えたくて。ちゃんと歌ってあげて下さい。曲、好きだなと思いました。そう思ったから、なおさら伝えておきたくて」

出っ歯の女が、恐る恐る、何度も言葉を詰まらせながら話し終えるまでの間に、小太りの男にカポタストを貸したままにしていることを思い出した。ピンク色のカポタストをギターに付けて、得意げな顔で歌う小太りの男の姿が鮮明によみがえる。

「あの人は、前の打ち上げのときもそうだったんです。いつの間にか場を仕切っていて、何度も何度もお金のことを言われて。私、カクテルしか飲めないんですよね。なんかそれが嫌だったみたいで、怒られたんです。全体の会計が高くなるからって。最初はおなじ東京出身だっていう話題で盛り上がって、仲良くなったんですよ。東京から京都って、漢字をひっくり返すとまた東京になるじゃない？　だから慣れない土地で心細い思いをしてるときでも、そうやって思ったら、いつでも東京に帰れる気がしてね、こんなの気休めだってわかってるんだけどね。ってそんな話を聞いて、面白い発想だなぁって感心していたのが馬鹿らしいですよ。あんなことで怒られるなんて。それに、私見たんだから。打ち上げが終わって、会計を済ませたあとで、あの人がお釣りをズボンのポケットに入れるところを。今日も厨房で料理を作っていたあの男に、レジの前で耳打ちされたあとに、あの人が自分のポケットにお釣りを入れるところを確かに見たんだから。よく考えてみたら、京都をひっくり返しても都京ですよね？　東京にはならないじゃないですか」

さっきからずっと、垂直に立てた棺桶のなかに無理矢理押し込まれたような感覚になる、この上なくせまい小さな玄関に立ち尽くしている。それに気が付いた出っ歯の女が、ようやくしゃべるのを止めて、こっちを振り返った。

自分の家に着いた途端に豹変《ひょうへん》した出っ歯の女に案内されて、小綺麗に片付いたリビングにポツンと置かれている、小さなテーブルの前に腰を下ろした。肩が触れそうな程の距離に、寝室らしき部屋のドアがあって息苦しさを感じる。

低い天井をぼんやりと眺めている。視界の端、目と鼻の先にあるキッチンから、ガラスに液体が打ちつけられる音がする。程無くして出っ歯の女が、古びた木目調のお盆に透明のグラスを二つのせて、こっちへ向かって歩いて来た。

小さなテーブルに置かれた二つのグラスの中身はうすい色をした麦茶だった。うすいのは色だけでは無く、口に含むと、本来するべき麦の味よりも強く、水道水のカルキの味がする。相変わらず延々としゃべり続けている出っ歯の女が、まだこの家に来る前の、しずかで地味な印象に良く似た麦の味。

全体が銀色の塗装で覆われた本体の上に、番号が振られたゴム製のボタンが、行儀よく等間隔に並んでいる。摑んでみると、程良く丸まった持ち手の部分がすっぽりと手に収まって、この家に来てから初めて、若干《じゃっかん》の心地良さを覚えた。

「つかない？　これはね、こうやってやるの。コツあるから。こう、こうね」

顔を歪めながら体をねじったり、微妙な指先の力の出し入れを経て、ようやくテレビ画面が明るくなると、出っ歯の女は手のなかのリモコンを軽く叩いて得意気に笑った。その表情は、小学生のときの友人に良く似ていた。普段は弱いのに自分の家では強く、わがままになるその友人の名前はもう思いだせない。深夜のバラエティー番組でとつぜん騒がしくなった部屋のなかには、それでもどこか、気味の悪いしずかな空気がただよっている。

打ち上げのときに居酒屋で見た、鼻と上唇の間を不自然にふくらませた例の表情を作って、出っ歯の女が至近距離に顔を近づけて来た。その顔に視界が覆われる。あっという間に。

そのときにはもう既に、頭の後ろを両手で押さえつけられていて、声にならない声を上げようと開いた口のなかを、生暖かいものがかき回した。女の口のなかからは、ラーメン屋で、テーブルに運ばれて来た味噌ラーメンから立ち昇る湯気とおなじ香りがする。吐き気と一緒に笑いが込み上げてきて、覚悟を決めた。やけくそになって舌先でかき回した女の口のなかは、もう味噌ラーメンのスープそのものだった。

うす暗い寝室にはセミダブルのベッドがひとつ。なかに足を踏み入れると、カーペットの表面のザラつきが、足の裏にまとわり付いてくる。音を立てて大袈裟な倒れ方をした出っ歯の女が、掛け布団の上に横たわって、上目遣いでこっちを見つめている。さっきまでとは打って変わって、しずかに何かを待ち構えている。

ベッドに倒れ込む前に、ベッドとクローゼットの間のわずかなスペースに置かれた、ベッドサイドテーブルの上の写真立てが視界に入った。遠目には高級品にも安物にも見えるシンプルな作りで、そのなかに収まった写真には出っ歯の女の横に知らない男が写っている。二人が笑っているのか、怒っているのか、泣いているのか、落ち込んでいるのか、うす暗い寝室では、もうそれ以上のことはわからなかった。

家の前を走る車のタイヤの音で、地面が濡れているということが、なんとなくわかる。いつごろから降りはじめたのか。あのまま行く宛も無く、雨が降る京都の街をひとりで彷徨《さまよ》っている自分の姿を想像したりしてみる。

大きく開いた両足の間にすっぽりと収まって股間に顔を埋めた出っ歯の女は、口から飛び出した醜いソレをまったく感じさせない器用な動きで、頬をふくらませて上下運動をくり返している。それを見て、他人事のように妙に感心したりしている。

こうして暗闇のなかに居ればたいして気にもならないし、すこしずつこの状況を楽しめるようになって来た。でもやっぱり味噌ラーメンだ。これだけはどうすることもできない。意識を研ぎ澄ませても、意識を紛らわせても、どうにもならない。

なんとかたどり着いても、口元に顔を近づけた瞬間、すべてがブチ壊しになる。何の迷いもなくすべてをあずけたような顔で、口を半開きにして目を細めている出っ歯の女が、呼吸を荒らげてじっとこっちを見つめている。

逃げるように、右手を女のパンツのなかにもぐり込ませて、その一点に精一杯意識を集中させる。女から目を逸《そ》らしたせいで、ベッドサイドテーブルの上の写真立てのなかの男と目が合った。もうすっかり、この暗さにも慣れてしまった目で、出っ歯の女に寄り添ってやわらかな笑みを浮かべているその男を見た。

こんなのは最初からわかっていた当たり前のことなのに、右手の指先が濡れていることが不快だ。指の動きと連動した女の声は過剰に大きくて、余計に嫌気がさす。女の下腹部と下着の間で締め付けられている右手首が、まるで他人のもののように思えてくる。

もうひとつ、今まで嗅いだことのない異臭に気が付いて、右手人差し指の第二関節辺りを使って鼻の頭を掻《か》いてみる。案の定、主にアンモニアの成分で形成された、耐え難いソレに咳込んだ。

「大丈夫?」と声をかけてきた女に気づかれないように、もういちど恐る恐る、鼻の近くにやった指の辺りから、強烈な臭いがする。耐え難い不快感と同時にどこか懐かしい感情も込み上げる。その場から立ち上がって、パンツを脱がせた状態の出っ歯の女を置いて、寝室を出た。

指先の臭いを消す為、洗面所で手を洗う前に、用を足そうとトイレに入った。便器の前に立ったまま、中腰の体勢になって便座を持ち上げると、便器のフチに付いた細かい埃に混じって、しっかりとした太さの陰毛が一本張り付いている。

優しい笑みを浮かべた写真立てのなかの男を思い出して、それを見ていることがなんとなく気まずくなった。用を足したあと、トイレットペーパーを適当な長さに千切って便器のフチに付いた陰毛をふき取った。不自然に綺麗になったその部分を隠すように便座を元の状態にもどす。

洗面台の隅に置かれたハンドソープの容器には、森のなかで仲よく手をつないだ二匹の兎の絵が描かれている。手のひらでノズルを押すと、想像していたよりも多くの液体を吐き出した。右の手のひらを濡らしているドロッとしたそれを、両手全体に馴染ませようとしたけれど、あることを思いついてやめた。

ベッドの上で掛け布団に包《くる》まっている出っ歯の女の股間に右手を差し入れる。しばらく間を置いたことで、女の股間が乾いてしまったのかどうかがすこし気になったけれど、すでに自分の右手はハンドソープの液体でベッタリと濡れていて、それがどうかもわからなかった。

小さな悲鳴を上げた出っ歯の女は、すこし怪訝な表情をしただけで、たいして気に留める様子もなかった。「ニオイの元に直接働きかける」いつかテレビCMで見た消臭剤のキャッチコピーを思い出しながら、ハンドソープまみれの指で、ニオイの元を直接かき回した。

「誰かが言ってたんだけどね、比喩《ひゆ》って古くなるんだって。どんなに優れたものでも必ず。時代のなかで古くなっていくんだって。あなたの詞は比喩が多いでしょ？一度聴いただけですぐわかる程に。だから古くなるんだって。素直にまっすぐに、っていうのは基本じゃない？　何をするにしても。だからね、どうしてもそうしたいなら、ある程度音楽でやってから、小説でも書けばいいじゃない。どこかの編集者にそそのかされて勘違いして、好きなだけ比喩を使って、小説でも書けばいいのよ」

取り外したばかりのコンドームの周りに、シャボン玉のような泡が付いている。鼻先で石鹼の香りをさせて、なかにドロッとした液体を閉じ込めたそれを、指でつまんでぶら下げたまましばらくの間眺めていた。出っ歯の女は、相変わらず横でしやべり続けている。

シャワーを浴びてくると言い残して寝室を出て行った女の身体の形に沿って、不細工に潰れた掛け布団が横たわっている。リビングには点けっぱなしのテレビ。青白い光の点滅。その奥、洗面所の扉の隙間から、オレンジ色の光が漏れている。出っ歯の女が、必死になって、シャワーで股間のハンドソープを洗い流す場面を想像して気が重くなった。

京都に来てからのことを、ひとつずつ思い返してみる。どれもこれも、ろくなものがない。昨日の今頃、夜行バスに揺られていたのが懐かしく思える。全裸のまま、パンツを穿く体力も、想像を遥かに超えた今のこの状況について考える気力ももう残っていなくて、目を閉じると一瞬で体がベッドのなかに深く沈み込んでいった。

14

フローリングを踏みしめる低い足音が、ハッキリとした目的を持って近づいて来る。目の前で立ち止まった人の気配がする。寝惚《ねぼ》けていて、すぐには目が開かない。強い揺れと一緒に頭のなかから響くような、硬くて鈍い何かが潰れる音がして、顔全体が燃えあがるような熱で覆われた。

すぐに目を開けてみたけれど、視界がぐにゃりとねじ曲がっていて満足に見えない。女の悲鳴が聞こえていたかと思ったら、短い破裂音の直後、今度はすべての音が消えて、しばらくしてからそれは耳鳴りに変わった。

右耳には泣き喚く女の声が聞こえていて、左耳は、何かに強く引っぱられて破れた皮膚の音を直接聞いた。顔中がヌルヌルしていて気味が悪い。平衡感覚が無くなって意識が朦朧《もうろう》とする。引っ張られた頭髪が毛根から引き抜かれる痛みで、すこしずつ意識がもどってきて、麻痺していた顔全体の痛みにもようやく気がついた。

無理矢理ベッドから起こされて、何度も頭をドアに叩きつけられるまでの間、いったい何本の頭髪が抜けたのかが気になった。微かな視界の先に、血まみれの拳が見える。指の間から髪の束を生やした握り拳は、小刻みに震えている。頭から何かが吹き出して、すでに濡れた顔面を濡らしていく。何だかそのことを、ひどくもったいなく思った。

顔全体が、まるで心臓にでもなったのかと思う程、熱く激しく脈打っている。目を閉じているのか目を開けているのか、立っているのか座っているのかもわからないまま、次に起こる最悪の事態を想像する。腹の辺りに固い金属製のものを振り抜いた衝撃を受けて、その場に崩れ落ちたときにようやく、今まで自分が立っていたことがわかった。

そもそも、今が今日なのか、昨日なのか、それすらもわからなかった。何となく、もう取り返しのつかないところに来てしまったのはわかっていても、それ以外のことがわからない。

相変わらず泣き喚《わめ》いている女。昨日見たベッドサイドテーブルの上の写真立て、そのなかでやわらかな笑みを浮かべた男を思いだした。

口のなかで舌の先っぽが直接歯茎に触れる。その途中、いつもそこにあるはずの左側の前歯がなくなっていることに気がついた。泣きたくなったけれど、もしかしたらもう既に泣いているのかもしれない。顔全体が濡れていて、腫れ上がってつぶれた視界の隙間からは、赤しか見えない。

　今更になって、自分が服を着ていないことに気がついた。大量の血に服が汚れないで済んだと嬉しくなったけれど、髪の毛を掴まれたまま引きずられて玄関に着いたときに、もう寝室に脱ぎ捨てたままの服を着ることはないだろうと思った。

　玄関のドアが開いて、冷たい朝の空気に体が触れる。このまま家を追い出される前に、せめてもの抵抗として出来ることを考えた。丸裸で何も持たない今のこの状況でも、出来ることがひとつだけあった。

　足の裏には、誰かの靴の感触がある。すこしでも多くの物を汚す意識を持って、股間に神経を集中させる。ゆっくりと膀胱《ぼうこう》の奥から近付いてきた尿意が、尿道を通って、やがて小便になって勢いよく飛び散った。

　すこしでも遠くに飛ばそうとして、ゴムホースの先端を親指の爪で軽く握りつぶすイメージで、膀胱に的確な力を加えていく。さっきまでとは打って変わっていかにも人間らしい間抜けな声を上げて、焦った様子の男の気配を感じながら、膀胱のなかが空になるころには、足の裏に敷いた誰かの靴はぐっしょりと濡れていた。

15

僅かな視界の隙間に強い日差しが差し込んで、耳鳴りの奥で喧騒が聞こえる。右手で股間を押さえた状態で、左手をついて壁伝《かべづた》いに歩く。来たときの何倍もの時間をかけて、ようやくマンションを出た。

人通りの少ない住宅街とはいえ、晴天の昼下がり、この日差しのなかを全裸で歩くのはさすがに気が引ける。左手の人差し指と親指を使って、腫れ上がった瞼でふさがった視界をこじ開けた。

目の前に停まった車の窓ガラスには、激痛に耐えながら目を見開いて、股間を押さえた血まみれの男が映っている。無人の車内、飲みかけの缶コーヒーがドリンクホルダーに収まっているのを見つけて、喉の渇きに気がついた。

マンションの入口脇のゴミ集積所から、目についたゴミ袋を二つ手に取って結び目を解く。丸まったティッシュペーパー、スナック菓子の袋、折れた割り箸、誰かの名刺、ボールペンの芯、ペットボトルのキャップ、割れたCD-R、剃刀《かみそり》、中身が半分残った惣菜のパック等、足元に散らばった家庭ゴミを避けながら、空になったビニール袋を両足に履いた。

外れないよう、足首の辺りに、しっかりと持ち手を結びつけて歩き出す。生卵を落としたら音がしそうな程に、日差しで焼けてフライパンのようになったアスファルトの上を一歩すすむ度、小気味の良いビニールの音がする。

あまりにもこの状況と不釣り合いなその音に、思わず笑いが込み上げてくるのを必死になって抑える。それでもまだ、きつく結んだ口元から漏れる僅かな息の音は、足元のビニールがかき消した。

路地の突き当たり、大通りに出るすぐ手前の植え込みに身をひそめて、体にまとわりついてくる枝のその隙間から通りをのぞき見ている。車道には乗用車、大型トラック、バス、タクシー。その手前の歩道で、杖をついた老人が視界から消えるまでの間に、何台もの車が走り去った。

うす黒い煙を吐き出した大型トラックの音に混ざって、自動販売機の取出口に飲料が落ちる鈍いアルミ缶の音がした。視界の隅の方に、ポツンと設置された当たり付きの自動販売機の一部が見えて、その自動販売機から、ルーレットが回る音を表現した大袈裟な電子音が鳴っている。

死角になっているせいで人影は見えない。それが当たりなのか、外れなのか、しばらく耳をそばだててみたけれどわからなかった。気がつけばもう、聞こえているのは耳鳴りの音だけになっていた。

赤いランドセルを背負った小学生が、角を曲がって、こっちの方へ歩いてくるのが見えた。黒地に白い文字で、大きく「Let It Go」と書かれたTシャツを着た、赤いランドセルの小学生。

ランドセル脇のフックにぶら下げたやわらかそうな布製の袋を、仕方がなくそうしているといった感じでときおり蹴り上げながら、すこしずつこっちに近付いてくる小学生。

程よく膨らんだ袋の端に、太めのマジックでしっかりと書き込まれた文字を見て、すぐにそれが体操着だということがわかった。全裸の自分に今いちばん必要なものが、あのやわらかそうな布製の袋のなかに入っている。そう思った途端何度蹴られても、吊り下がったフックの力を借りて定位置にもどってくるあの袋が、無性に愛おしくなった。

汗ばんだ皮膚に、ザラザラした葉っぱが張り付いて鬱陶しい。近付いてくる小学生から目を離さずに、じっとそのときを待った。小学生の歩幅に合わせて、カチャカチャとランドセルの留め具が鳴る。しばらくしてかき分けた枝の隙間からはっきりと、赤いランドセルの小学生の横顔が見えた。

握りしめた枝を揺する度に、全身に激痛が走って、草いきれに呼吸が乱れる。それでも力を緩めずに、必死になって両手を動かした。その度に枝や葉っぱが擦れて、植え込み全体から大きな音がした。

枝から離した左手の指で瞼をこじ開けると、不審そうな、それでいて興味深そうな目で、植え込みのなかをのぞき込んでいる赤いランドセルの小学生と目が合った。目を見開いて後ずさった小学生の腕を、伸ばした右手でとっさに摑む。

あまりの驚きに声も出ないのか、目を見開いて口を大きく開けた状態で、必死の抵抗を続けている赤いランドセルの小学生。めちゃくちゃに体をひねった反動で、跳ね上がって目の前の高さまで来た布製の袋。

やわらかい布の感触が手のなかにひろがった。袋をつよく握り締めたまま、さっきよりも力を込めて手前に引っ張る。赤いランドセルの小学生が、微かに「イッ」という声が混ざった息を漏らしてもういちど後ずさる。

落ちそうになった袋を握りなおしてもういちど手前に引くと、バランスを崩した小学生の全体重が、手のなかの袋を通して伝わってくる。この一連の流れのなかで、運動会の綱引きを思い出して微かに口元が緩んだ。

もうあきらめてしまったのか、いつの間にか小学生の体からは力が抜けて、だらんとした肩に背負ったランドセル脇のフックだけがまだ抵抗を続けている。体の痛みに耐えながら、必死になって袋を引っ張る手には更に力が入る。

ようやく、ランドセル脇のフックに掛かっていた紐が千切れて、その反動で小学生が植え込みの手前に倒れ込んだ。しっかりと右手で握りしめた袋を抱き寄せてから、倒れている赤いランドセルの小学生をじっと見つめる。その顔のなかで、二つの小さい目が濡れてキラキラ光っている。

「5－2白井恵《しらいめぐみ》」

袋から取り出した体操着の胸の辺りには、太めのマジックでしっかりと名前が書かれている。

それを見て、母を思い出した。学校で必要なあらゆる物に母が書いてくれた自分の名前。「祐介」の「介」に癖のある、あのマジックの文字。

上から被《かぶ》って無理矢理頭をねじ込んでみるけれど、頭に対して極端に穴が小さいのと、汗で服が肌に貼り付くのとで、思うようにいかない。仕方がなく、首周りを手で引き千切ってパンクバンドの衣装のような状態にしてから着ることにした。

紺色のブルマーを手にしてから、ようやく当たり前のことに気がついた。袋を引っ張り合っていたときも、体操着に書かれた名前を見たときも、小学生が女子だという認識は確かにあった。でも何故かこのブルマーには結びつかなかった。全裸の現状よりも、手のなかに垂れ下がったこのブルマーの方が、遥かに羞恥心をかき立てる。途方に暮れてうつむいた視線の先、股間からだらしのないものが垂れ下がっている。

両足にビニール袋を履いて、体操着を着た自分の姿が、銀色の非常用ドアに映り込んでいる。顔中血だらけで、全体が腫れ上がって表情もわからないうえに、極端に小さな体操着に無理矢理袖を通したせいで両肩と首が縮こまって不自然に固定されている。その姿は、子供のころに見た特撮ヒーローものの怪獣によく似ていた。主人公をギリギリのところまで追い詰めた挙句《あげく》、結局は当たり前のようにあっさりとやられてしまう。いつもそんな怪獣の方に感情移入していた心優しい少年は、大人になった今、生まれて初めてブルマーを穿いて見知らぬビルの非常階段に立ち尽くしている。

頭上から、誰かが階段を降りてくる足音が聞こえて、塗装が剝げてところどころに小さな模様を作った手すりが震えている。すぐに立ち去ろうと歩き出したとき、両足のビニールが予想以上に大きな音を立てた。

いちど立ち止まってから、スリ足でまた歩き出す。ビニールを隔てた足の裏に、冷たいコンクリートの感触を感じながら、まだ誰かの足音に震えている手すりを横目に、最小限の音で出口を目指す。

大通りを抜けて、人気のない細い路地に入るまでの間に、怪訝《けげん》そうな顔でこっちを見つめる通行人と何度もすれ違った。そんな視線を振り切って進む度に、足の裏に感じるアスファルトの熱が懐かしかった。

「あっ、もしかして、それ白井さんの？　ですか？」

背後からの声に振り向くと、黒いランドセルを背負った小学生が立っている。長く伸びた前髪は頭皮の油でベッタリと濡れて、細かく束になっている。その隙間《こ》から は切れ長の目がのぞいて、左頬の辺り、五百円玉大の大きなほくろは、瘦けた頰と相まって嫌らしさをより一層引き立てている。

「体操着、それ白井さんのですよね？　なんで？　白井さんって、本当に人気があって。その字、白井さんのお母さんが書いたと思うでしょ？　でもホントはその字、白井さんが書いてて。上手いんです。字が本当に綺麗で。僕は白井さんのこと好きなんですけど、いちばん好きなところを聞かれたら迷わず字って答えるかなぁ。あと、良い匂いがする。牛乳みたいな甘い匂いが。その体操着は牛乳の匂いしますか？　白井さんは本当に頭が良いから、柴田《しばた》先生が、うちの担任が、いつも白井さんに採点させるんです。先にぜんぶ終わった白井さんに、二番目以降のみんなの答えを。自分のイスを重そうに両手で持って、引きずるようにしていちばん前の窓のところまで移動する白井さんが通り過ぎるときに、やっぱり牛乳みたいな匂いがするんです。それで、どうしても白井さんに採点して欲しいと思うんだけど、僕は馬鹿だからなかなか終わらなくて。めちゃくちゃな答えを書いて終わらせて、すぐにでも白井さんのところに行きたいけど。でも僕が馬鹿なのはクラスのみんなが知ってるから、そんなことをしたら絶対に疑われる。いつもそうやって迷ってるあいだに、白井さんの前には人がいっぱいで。もうそのときに行っても、他のヤツの臭いが混ざって白井さんのじゃなくなってるから」

口の端に泡を溜めて、抑揚を欠いた声で淡々と話す黒いランドセルの小学生に何となく相槌を打ちながら、違和感を感じていた前歯に舌で触れてみる。正確には、それはついさっきまで前歯があったはずの空洞で、今は歯茎から細い線のようなものが飛び出ている。

指でつまむと、飛び上がる程の激痛に襲われる。顔を歪めた拍子に腫れ上がった瞼がすこし開いて、黒いランドセルの小学生が差し出している一万円札が目に入った。

「ヨネダくんがくれたんです、これ。昨日ひさしぶりに順番がまわってきて。ヨネダくん大金持ちだから、毎日放課後に二人まで仕事が出来るんです。仕事って言っても、ただヨネダくんがもう帰っていいって言うまでいっしょに居ればいいだけで、役割によってもらえるお金も違うし、内容も違ってて。当日ヨネダくんからそれぞれに、親友とうんこ、どっちかを言われて、そこから仕事がはじまります。昨日は僕、うんこの方だったんだけど、うんこの方が楽だから嬉しかった。うんこは何もしゃべらなくていいし、ただヨネダくんの近くに居るだけだから。ヨネダくんに唾を吐きかけられたり、髪の毛を摑まれて引っ張られたり、お腹を蹴られたりするだけで、基本的には楽なんです。親友なんて、やっぱり大変だから。お互いの悩みを打ち明け合ったり、意味もなく高いところに登っておなじタイミングで飛び降りたり、駄菓子屋で買ったものをひと口ずつ食べさせ合ったり、考えただけでも気持ち悪い。あの、それで、お願いがあるんですけど、その体操着を売ってくれませんか？　血が付いてだいぶ汚れてるし、すこし安くしてくださいよ。これで足りますか？」

その祈るような語尾の発音に気圧《けお》されて、思わず着ている体操着の襟首を両手で摑んでいた。それを見た黒いランドセルの小学生は、前髪の隙間からのぞく目を見開いて、次の様子をうかがっている。わざとらしくもういちど差し出した一万円札が、手汗で濡れてやわらかくなっているのがここからでも充分にわかる。

両手で摑んだ襟首を力任せに引っ張ると、身体中の痛みといっしょに、顎《あご》の辺りで乾いて固まった赤黒い血のカスがポロポロとこぼれ落ちた。何度かそれをくり返すうちに吹き出した汗が、首筋を伝ってくすぐったい。

「これ一生の宝物にします。でも、ひとつ言っておきたいんだけど、僕は白井さんの体操着が欲しかったんじゃなくて、白井さんの字が欲しかったんです。白井さんの、あの白井さんの字が。でも、たまたまそれが体操着で、白井さんの匂いがするかもしれない。だから着れるのなら着たい。白井さんの字を着たい。そう思っただけだから」

切れ長の目を更に細めて、黒いランドセルの小学生がうすら笑いを浮かべている。それを押し殺すように真顔にもどったあと、またうすら笑いを浮かべたりをくり返している。その度に、左頰の大きなほくろが生き物のように動いた。

受け取ったばかりの手汗でやわらかくなった一万円札から、小学生の緊張と興奮を感じた。しっとりとしたそれの表面を親指の腹で撫でると、紙が破れる危うい気配がした。それ以上の力を加えないよう気を配って、ゆっくりと一万円札をひろげる。

とつぜんのことで、目の前に差し出されたTシャツを受け取るまでには、すこし時間がかかった。気がつけば、黒いランドセルの小学生が上半身裸の状態で、自分のTシャツをこっちへ差し出していた。

量販店の店頭で売られているような真っ青なTシャツには、懐かしいサーフブランドのロゴがプリントされている。子供が好みそうな派手なデザインが特徴のサーフブランドで、小学生のときに小遣いを貯めて買ったことがある。

まるで、ワールドカップで試合を終えたサッカー選手たちがお互いの健闘を讃え合ってユニフォームを交換する、あの光景だった。真っ青のTシャツに袖を通して、安堵の表情を浮かべるブルマーを穿いた傷だらけの男と、血で汚れた体操着に袖を通して、胸の辺りを撫でながら恍惚の表情を浮かべる黒いランドセルの小学生。固い握手を交わして、無言で逆方向に歩きだす。

「僕達、間違ってませんよね？」

歩きだしてからしばらくして、後ろから声が聞こえた。間違いだらけでも、間違いだらけだけど、どうすることもできないから、走った。

16

立ち止まって肩で息をしていると、胸の辺りが大きく脈打って、口から鉄の臭いがする。内臓だけがまだ走っていて、体に置き去りにされたような気持ちになる。僅《わず》かな視界の先に古びた建物が見えて、そこに向かって今度はゆっくりと歩きだした。

入口の券売所では、イスに座った老人が居眠りをしている。そのシミだらけの顔を見ただけでは、男なのか女なのかはわからない。古いけれど清潔感を感じさせる、丁寧に磨き上げられた木製の机を抱きかかえるようにして眠っている。老人を起こさないように、足元に注意して、しずかに券売所を通り過ぎた。

重たい鉄のドアを開くと、暗闇のなかを照らす光の筋に沿って大量の埃が舞っている。ザラザラとしたコンクリートの地面が、熱を持った足をまた冷やして、独特の酸っぱい臭いに息苦しさを感じた。

乾いた咳払いや、衣擦《きぬず》れの音に気がついて辺りを見渡すと、ほとんどの背もたれから人の頭が飛び出している。いちばん後ろの列の中央にひとつだけ空席を見つけた。迷惑そうに顔を歪める客の膝と、せまい間隔で設置された前の列の座席との間をすり抜けて腰を下ろす。

「こんな若いのが座ってくれたら余計興奮しちゃうな。兄ちゃんごめんね。これでソレ拭いてよ」

手で触れると、粘り気のある液体が尻を濡らしている。声のする方を振り返ると、野球帽を深くかぶった中年の男が汚れた歯を見せて笑っている。差し出されたポケットティッシュと、男の股間の不自然な膨らみを見て、これが精液だと確信した。

大きなブザーの音が鳴って、幕が上がる。徐々に舞台が見えてくる。そこにはポツンと紫色の座布団が置かれていて、それ以外には何も無い。幕が上がり切ってもまだブザーの音は鳴り止まない。次第に客席からは失笑が漏れる。その笑いをかき消すようにブザーは鳴り続ける。

次第に失笑が怒声に変わっていく。観客たちは声を荒らげて、舞台に向かって物を投げつけている。視界の隅、舞台上手から、青いＴシャツを着てブルマーを穿いた男が歩いてきた。歩く度に、男が足に履いているビニール袋が立てる音には聞き覚えがある。アレは俺だ。

17

紫の座布団の上に正座した俺がゆっくりと頭を下げる。客席に向けて丁寧に折り曲げた体がピタリと止まる。その瞬間を待っていたかのようにブザーの音が消えた。サラリーマン風の男が立ち上がって叫びながら、予想外の静寂に気がついて、振り上げた右手の行き先を探している。

すっかりしずまり返った場内に、今更になって出囃子《でばやし》が鳴り響く。単調なリズムに乗った陽気な三味線の音が、張り詰めた空気を和らげていく。舞台上の俺が咳払いをする音が聞こえた。

俺がしゃべっている。舞台上で、客を睨《にら》みつけるようにして。

あの日、小学校のクラスの女子に借りたメガネのこと。似合うと言われて舞い上がった、あのメガネのこと。

家に帰って親に頼み込んだ。最近よく目が見えない、このままだと勉強も満足にできないと嘘をついた。家の近所のメガネ屋で、目が悪いという芝居も兼ねて、食い入るようにガラスケースに入ったメガネをのぞき込んだ。

翌日、喜びを噛み殺して学校へ行った。昼休みに教室で、女子がまわしている手紙を拾った。四つ折りのメモ用紙には、昨日メガネをかけた姿を褒めてくれた女子の字で、最近の面白かった出来事第三位として俺のメガネをかけたときの顔がランクインしていた。

三位。それがまたなんとも言えない。恥ずかしくて申し訳なかった。その日以来もう、メガネをかけることはなかった。急に回復した息子の視力を、母親は何も言わずに信じてくれた。

俺がしゃべっている。舞台上で。客を蔑《さげす》むようにして。

懲《こ》りずにまた勘違いをした。今度は音楽だった。あの初ライブの日、最寄り駅に着いた瞬間から足が震えていた。希望しかなかった。あんなにせまくて汚いライブハウスでも、自分が建てた城のようで誇らしかった。

ライブがはじまっても、思うように手元が動かない。ギター、ベース、ドラム、それぞれの音が何度も途切れた。それでもやっぱり希望しかなかった。フロアでは奥山の高校の友達が、西山の高校の友達に肩車されて楽しそうに叫んでいる。

不確かなものでも、大きな音にしてなんとか誤魔化せたような気がした。ときおり、ハウリングの音で我に返ったけれど、聞こえないフリをした。音が鳴っている間は何をしても許される気がした。

ライブが終わってから皆で記念写真を撮った。ライブハウスの店長は迷惑そうな顔をしたけれど、その日の出演バンド、客、全員がステージ上に集まったことであきらめたような表情でうつむいた。

誰もが嬉しそうに大きな声で笑っていた。ここに居る全員が味方だと思った。俺はプロになろうと思った。俺はプロにならなければいけないんだと思った。だってそこには希望しかなかったから。もっと練習すれば、もっとライブをすれば、どんどんうまくなって、すべてがうまくいくと思った。

俺がしゃべっている。舞台上で。客に媚《こ》びるようにして。

周りがすこしずつ騒がしくなる。ビニールが擦れる音がして、囁《ささや》くような声がする。席を立った客が開けたドアから光が射して、場内を突き抜けていった。穴が空いた場内の空気はどんどん緩くなっていく。俺がしゃべってるじゃないか。黙って座って聞け。何食ってるんだよババア。くちゃくちゃうるせぇよ。死ね、バカ。

ライブハウスのうす汚い事務所で、ホワイトボードを睨みつける。何日か出された候補のなかから今すぐに出演日の決断を迫られている。こうなったらもう、莫大《ばくだい》なチケットノルマからは逃げられない。

ブッキングマネージャーが汚い文字で、自分たちのバンド名を書き足した。自分たちを待っていてくれるのは、このホワイトボードの隙間くらいか。そう思ったら悲しかった。

日程が決まってようやく緊張が解ける。しばらく止めたままでいた息を吐き出して、煙草臭い、まずい空気を吸い込んだ。ライブハウスでライブをするには金がかかる。そしてライブハウスの事務所では、息をするのにも金がかかる。

そうやって不毛なライブをくり返して、やっとたどり着いたあのイベント。「お前ら最近頑張ってるからな」とブッキングマネージャーに送り出された、関東のいくつかのライブハウスから選出された代表バンドが集まる、大きな会場で行われるコンテスト形式のイベント。

そのイベントをきっかけにしたメジャーデビューも珍しくないと聞いていた。「頑張ってるからな」と言われてすっかりのぼせ上がってしまって、あのときはまだ大事なことに気がついていなかった。でもあの頃、確かに頑張っていた。頑張ってライブハウスのスケジュールを埋めていた。

結果は散々だった。わざとらしく用意された残念賞のようなものにも引っかからずに、結果発表は終わった。喜びをわかち合うほかのバンドのメンバーを尻目に、会場を出ようとしたそのとき、スーツを着た関係者らしきオッサンに呼び止められて胸が高鳴った。

「参加費はここに振り込んでください」

手渡された紙切れは名刺ではなかった。事務所名やレコード会社名の代わりに銀行の口座番号が書かれたその紙切れは、何かに期待して汗ばんだ手のなかで、すぐにやわらかくなった。

新しいアルバイト先は、ライブハウスの近くのスーパーだった。夜中、ゴミ捨ての時間。パンパンに膨《ふく》れたゴミ箱のなかに自分を見つけてしまいそうで、それが怖くて仕方がなかった。急いで縛ったゴミ袋からは、それでも嫌な臭いがした。

朝になってタイムカードを差し込む。安っぽい小さな機械からジッという音がして、とてつもない達成感に包まれる。引き抜いたタイムカードには、確かに青いインクで数字が刻まれている。

曲を作って練習してライブをする。時間をかけて金をかけて、ありとあらゆる音を出してみた。それでもわからないことは誰かに聞いた。どうしたらいいのか。どうしたら良くなるのか。教えてくれない人ばかりだったけれど、教えてくれる人もいた。でも結局答えはわからなかった。

ライブハウスでもスタジオでも、どうしたって得られなかった達成感が、アルバイト先のスーパーではタイムカードを差し込むだけで簡単に得られた。ジッ、というあの小さな音に、まるで自分が認められているような気がした。

帰り道、駅を通り越してライブハウスの前まできた。朝の光が差し込む木の扉は、申し訳なくなるくらいに汚れていた。思い立って扉を拳で殴りつけると、とても間抜けな音がした。

今まで音楽に賭けてきたすべてが鳴った気がした。どれだけ頑張っても出せなかった音が、答えがあっけなく出た。涙が止まらなかった。両手で顔を覆うと、金《かね》の臭いがした。スーパーのレジで触っていた金の臭い。糸を引く鼻水と、涙で濡れた手のひらからは、いつまで経っても金の臭いがした。

もう音楽をやめようと思った。

俺がしゃべっている。額に汗の粒を浮かべて、舞台上の俺がすがるような目でこっちを見ている。

確かに俺が、俺を見ている。左手人差し指の第二関節の辺りを、しきりに鼻にこすりつけている。あれは、俺が困ったときにやる癖だ。困っている俺を見て、俺が困っている。すぐに助けてやらないと。俺は、俺を助けてやらないと。立ち上がって暗闇のなかを走った。

俺にしゃべっている。胸ぐらを摑んで、舞台上で俺が、何度も俺を揺すっている。傷だらけの俺が、傷だらけの俺を揺すっている。舞台上でライトに照らされて、背後から客の視線を感じているこの状況に興奮した。いつの間にか客席はしずけさを取りもどしている。

俺は、俺を殴ってやろうと思ったけれど、どう殴っていいのかがわからない。血が出たら怖いし、かわいそうだ。俺は、俺にされるがままで、ぐったりと俺に体をあずけた。腫れ上がった顔は面影を失って、色や形を変えている。

俺が、俺にしゃべっている。胸ぐらを摑まれて、苦しそうな顔で小さく何かをつぶやいている。耳をすますと、息に混じって聞こえてくる。折れた前歯の隙間から漏れる空気といっしょに、何度もその言葉を聞いた。

「ふぁんふぁれ……」

「ふぁんふぁれ……」

「ふぁんふぁれ……」

滑稽で華やかで、おめでたい雰囲気の言葉が、まるで何かを祝福する音楽のように鳴っている。

「ふぁんふぁれ……」

「ふぁんふぁれ……」

「ふぁんふぁれ」

不細工な激励の言葉は、いつまでも鳴り止まない。目の前の俺がゆっくりとボヤけていって、まばたきと同時にこぼれ落ちた。

字慰

しらいめぐみ。

白井めぐみ。

白井恵。

ぼくもそうやって、かつて白井さんが通った道を歩いてきた。

まず、「しらいめぐみ」。初めて自分の名前を書けたよろこびと、まだこんなもんじゃないというはずかしさ。全部ひらがなの自分の名前は、あのタネによく似ていた。いつか学校で配られた花のタネだ。白井さんはその時、パッケージにプリントされたキレイな花に心をうばわれた。お家に帰ってからお母さんといっしょに開けましょう。先生の言いつけを守って、ちゃんと家までガマンして歩いた。いざ開けてみると、なかには黒くてゴツゴツした小さな丸い玉がいくつか入ってただけだ。パッケージの花はどこにも入ってなくて、とてもがっかりした。りょう親がくれる祝ふくはまだサイズが大きくて、白井さんにはブカブカだ。なんか子どもあつかいされてる。こんなもんじゃない、だれよりも向上心の強い白井さんはそう思ったはずだ。次に書けるようになったのが、「白井めぐみ」。カンジとひらがなの組み合わせ。よし、だんだん近づいてきた。でも、これじゃないとはっきりわかる。無理やり背のびした字だ。なぜだかこれが、よりダメな気分にさせてくる。でも無いよりましで、せっかくだから白井というみょう字の部分をビート板にして、白井さんはバタバタ足を動かしてみる。足を動かしながら、同じクラスにいる日枝《ひえだ》めぐみちゃんと何がちがうんだろうと考えた。めぐみちゃんは元からめぐみちゃんで、最初からずっとひらがなだった。このちがいは何だ。わからなくて、めぐみちゃんは楽でいいなと思えば良いのか、めぐみちゃんはやりがいがなくてかわいそうだと思えばいいのか迷った。とにかく、早くひらがなの海をぬけたいと思った。そうやって、最後にたどり着いたのが「白井恵」。

　全てをカンジで書けた時、白井さんは、自分が自分になったよろこびにじんわりつつまれた。そして、やがて自分が、すとんと収まっていくのを感じた。その時にりょう親がくれた祝ふくは、白井さんの努力に対してすこしサイズが小さかった。白井さんはすこしがっかりしたけど、それは仕方がない。白井さんのお父さんもお母さんも、白井さんの成長をもっとゆっくり味わいたかったのだから。大人はなんてわがままなんだろう。それでも白井さんはうれしかった。りょう親に代わってその文字が、白井さんを祝ってくれたから。彼女は、何にでも名前を書きたがった。フデバコ、ノート、教科書、ウワバキ、どれもこれも、またたくまに白井さんの字で上書きされていった。書きつくした後、白井さんのヒトミの中で、マジックの先でふやけた糸くずがおどった。それだけじゃなくて、窓からふいた風は白井さんの長いカミもゆらした。

ぼくは、自分の名前よりも先に、白井さんの名前をカンジで書けるようになった。ぼくのお父さんとお母さんはきっとよろこんでくれるだろう。●●●●。ぼくのお父さんとお母さんには、まだぼくがぼくの名前をカンジで書けた時のよろこびが残されてる。それなのに、白井さんの名前をカンジで書けたよろこびを先に感じれるんだからトクをしてる。ぼくは親こうこうだ。

ぼくは、わら半紙をなぞるえんぴつの音が好きだった。まだあのころは、それにハマっていた。最初は自分のえんぴつから音を立てて聞いていたけど、だんだんそれでは満足できなくなった。それは、ぼくが動かすえんぴつの行き先を、ぼくが知ってるからだ。音が出る前に、ぼくはもう音が出ることを知ってしまってる。

自分でするのと人にやってもらうのじゃ、どうしてこんなにちがうんだろうな。いつだったか家で、お父さんのカタにマッサージをしてあげてるお母さんに向かって、お父さんが言っていた。それと同じだ。これはお父さんに教えてあげなくちゃいけない。じゅぎょう中はずっと教室で耳をすましてた。その中でいちばん良いのが白井さんの音だった。聞くとなぜかいつも、おしりの穴がムズムズした。

ある日、ほうか後のそうじ当番でそれを見つけた。ウラ返したイスを乗せた机がずらっと並んでいた。それは、昔やってたゲームで一番はじめにやられる量産型のザコのロボットに似てた。ほうきで床をはいて、机を元の位置にもどしている時、ウワバキのあとをつけたテストの答案用紙をひろった。どの黒い文字のまわりにも赤い花がさいてる100点まん点の答案用紙は、いくらふまれてもビクともしない強さがあった。前に学校でもらったあのタネから、キレイな花がさくイメージがわいた。名前の所には白井恵と書いてあって、そこにだけ、まだ花がさいてなかった。一目《ひとめ》ぼれだった。

この答案用紙がほしい。折りたたんでポケットに入れてしまいたかったけど、ぼくはガマンした。

「白井さんのテスト落ちてるよ」

班長の山部《やまべ》君に差し出した。山部君の手に渡るギリギリまで、ぼくは答案用紙を目にヤきつけた。目を開けていても、目を閉じていても、そこに白井さんの字がうかび上がってくる。

「ね、今日一緒に帰れる?」

山部君のさそいをことわって、帰りは白井さんの字といっしょに帰った。家に着いてから、ぼくはすぐに自分の部屋へ向かった。住んでるのがマンションだから、自分の部屋は一カイにある。それがザンネンだった。こんな時、マンガやドラマではカイダンをかけあがったりするのに。机に向かってノートを広げた。真っ白なページにヤきつけた字をうつそうと、えんぴつをにぎった。白井恵、ぼくが書いたのは別人だった。あれだけしっかりヤきつけたのに、ノートの上にはぜんぜん知らない人が居た。もう一度、ヤきつけたはずの白井さんを書いてみた。ノートには、知らない白井さんがまた一人ふえた。書けば書くほどに遠ざかっていく。気がつけばノートはうまっていて、色んな白井さんがきゅうくつそうに体を折りまげてだき合ってる。石のウラにいるアリやダンゴムシを思い出して、ぼくは気持ちわるくなった。頭の中にはたしかにあるのに。白井恵、書けば書くほどに遠ざかっていった。

それは、白井さんの字でもなければぼくの字でもない。ノートは他人の字でいっぱいになった。

次の日の休み時間、白井さんのフデバコが開いてた。いつもあれだけ身だしなみに気をつかってる白井さんが、フデバコを閉めわすれることなんてまずないのに。きっと、クラスのワルガキのイタズラにちがいない。中をのぞくと、フデバコの中でぴたりとそろったえんぴつと消しゴムがならんでた。使った消しゴムの角はもう丸い。それなのに、その方が正しいと思わせるせっとく力がある。そしてなぜか、白い部分よりも黒ずんだ部分のほうがキレイだった。その日の夕方、ぼくはさっそくブンボウグ屋に行った。石油ストーブのニオイ、コンクリートの地面からはザラついた砂の感しょくがする。メガネをかけたすこしデブの店のおじいさんは、ずっと石油ストーブにあたっているせいか、近くによるとじんわり熱かった。

白井さんの黒いえんぴつには、ギン色の字が書いてある。いちばん上の2の横には、つぶれてヘタクソな数字の8があった。それを伝えたら、店のおじいさんは「ニービーか」と言ってわらった。いくつか出してもらったなかから、ぼくはすぐに白井モデルを見つけた。これがあれば、あの字が書ける。あとはもう、ぼくががんばるだけだ。そう思ってギュッとにぎったら、手のひらが赤くなって、なんだかテレてるみたいでハズかしかった。消しゴムは自分で見つけたけど、四角くてまっしろだ。白井さんのとはちがって、なんだかヨゴレて見える。こうしてぼくは、白井さんと同じえんぴつと消しゴムをそろえた。その時、あこがれの野球せん手と同じモデルのグローブがほしいと言ってた山部君の気持ちがわかった。

前から気になるうわさがあった。となりのクラスの与島《よじま》君が、白井さんにラブレターをもらったらしい。学校では別のクラスでも、同じ書道教室に通う二人には十分せっ点がある。そんなに字を書くのが好きならと、ある日りょう親が勝手に入会手続きを済ませてきた書道教室で、白井さんは与島君に出会った。

背が高くてものしずかな与島君には、「ガリベン」と言ってみんながイヤがるはずのメガネがよく似合ってた。夏休みには、サラサラと色のうすい前ガミがセンプウキの風にゆれる。半紙の上をすべるフデは、サッと白井さんの目線をすりぬけていく。白井さんは、追っても追っても与島君に追いつけない。与島君は顔色ひとつ変えずに、手だけを動かしていく。あるべき場所にあるべき文字がしっかり収まった。そんな与島君の文字は、見ていてとても気持ちが良かった。ゆう気を出して話しかけてみても、いつも大した反応はない。でもその時、こまった風に顔を赤くする与島君がかわいくて、その度に白井さんはうれしくなった。

次はぼくの番だ。ある日、ゆう気を出して与島君に話しかけてみた。白井さんにもらったラブレターを見せてほしい。素直にそうたのんだ。するとあっさり、別に良いよ、と返ってきた。その声はガラスの食器みたいで、だいじにあつかわなければすぐ割れてしまいそう。ガシャガシャしていて、みょうに気を使わせる声だ。次の日、休み時間に校庭のスミで待ち合わせた。ぼくはタイヤをつみ重ねただけの人《ひと》気《け》のない遊具に体をあずけて、与島君を待った。

与島君のポケットから、ハデな紙が出てきた。女子の間で人気のキャラクターが書いてあって、二つにおれた先は同じキャラクターのシールで止められてる。開けると、中から出てきた便せんにもキャラクターが印さつされてる。目にうるさい、なんだか白井さんらしくない手紙だった。それでも、書かれている文字は相変わらずだ。まぎれもなくどれも白井さんだ。線に沿ってきちんとせい列した文字は、いつまでも見ていられる。

またた。欲しくてたまらない。しょう動で体がめくれそうになる。

「与島君、これ貸してもらえない？」

ぼくのふるえる声は、バラバラできたない。これじゃあ、白井さんの字に失礼だ。

それでも与島君は、良いよ、と言ってぼくとタイヤの間に体をねじ入れた。それからタイヤに体をあずけて、後ろからぼくをつつむような体せいで座った。

「その代わり、このまま五分」

与島君の声が、ぼくの首の後ろに直せつひびく。相変わらずガラスの声で、ぼくの首の中でその声がガシャンと割れた。与島君の体温が伝わってきて、与島君の家のニオイがする。ホネばった体は、ぼくの体にまきついてきて、人というよりヒモみたい。小きざみにゆれる与島君の体の真ん中が、ぼくのおしりに当たる。それは、ヒモというより、棒みたい。何かが小きざみにぶつかってくる。とつぜん目の前が真っ暗になった。つめたいガラスのりょう手が、ぼくのりょう目をふさいでた。汗でぬれた与島君の手が、ぼくの目をぬらす。別に悲しくなんてないのに、なんだかぼくは泣いてるみたいだ。耳元で聞こえていたはげしい呼吸が止まって、代わりに真ん中の棒から音が伝わってくる。ドッドッドッドッド。えんりょがちに、何かを送り出す音を感じる。ふかく息をして、すごくつかれた様子の与島君が心配だ。いつのまにか目の前は開けていて、与島君の手は、足元の砂をつかんでいる。それを見て、ツメの間に入りこんだら、あとでキレイにするのがめんどくさそうだと思った。遠くでサッカーボールをける音が聞こえる。砂をとばして転がるボールはまただれかの足元ではねる。

「やらせてくれてありがとう。これをした時はいつも、何かが出た気がするんだ。でも、何も出てないんだよね。床じゃなくて人でやってみたらどうなるか、ずっと気になってて。でもやっぱり出なかった。いつになったら出るんだろう。こんなに気持ちいいのに、なんかいつもバカにされた気分になるんだよ。ふしぎだよね」

首の後ろでガラスの声がする。何を言ってるのかは理解できなかったけど、ぼくは、力になれなくてごめんねと言った。

与島君の手から流れたナミダは、ぼくの目のまわりでいつの間にかかわいていた。

こんにちは。お元気ですか？　水曜日に会った時、セキをしていたから心配です。もしかしてカゼですか？　私は先月カゼをひいたから、もう当分ひかないと思います。だから元気です。私はカゼの時、ノドが痛くなるのがすごくイヤだから、できるだけちゃんと予防したいです。ところで、今日は与島君に伝えたいことがあってお手紙を書きました。はじめて会ってからもうだいぶ時間が過ぎましたね。いつも私の方から話しかけてばかりでごめんなさい。実はイヤがっていたらどうしようと、いつも不安です。はじめて会った時から私は与島君のことが好きです。もしよかったら、与島君が私のことをどう思っているかが知りたいです。
だから、また今度話しかけてもいいですか？

私は与島君ともっと話したいです！

暗記するまで、くり返しくり返し、なんども書いた。目で見たまま、白井さんを書きうつす。でも、目で見て書くまでの間に入りこんだぼくがジャマしてしまう。便せんとノートの間に大量の白井さんがこぼれている。ぼくは白井さんのカスを手で集めて、便せんの上にふりかけた。教科書に書かれた機械の字を見てから白井さんの字を見ると、そのちがいがもっとわかる。白井さんの字から教科書の字を引き算して、残った物だけを書きたい。だから基そ練習として、うす紙の上からなぞった。白井さんの形に手を動かしていると時間がいっしゅんで過ぎて、ぼくはすこしずつ白井さんに近づいていった。にぎった白井モデルのえんぴつから、音がする。与島君の棒から感じた音だ。ドッドッドッドッド。えんぴつからノートへ。はねたり止めたりしながら、ぼくはゆっくり白井さんになっていく。

白井さんの横には、いつもぬまたせいこがいる。ぬまたせいこの字はきたないだけじゃなくて、とても色がこい。言葉の意味よりも字の方が強くて、いつもおこってるみたいでコワイ。えんぴつも、シンがやわらかいのを使っていて、いつも字のまわりに粉をふいてる。ぬまたせいこは、見ているだけで重たそうなえんぴつを、ふざけてるみたいに短くなるまでけずってる。えんぴつや消しゴムを最後まで使い切ったら一体どうなるか。ぼくもクラスのみんなも知らないけど、ぬまたせいこならそれを知っているのかもしれない。

白井さんとぬまたせいこはコウカン日記をしてる。そんなの、考えただけでもう最あくだ。白井さんと同じノートにあんな文字を書く、ぬまたせいこの神けいが信じられない。でも、ぼくはぬまたせいこに感しゃしなければいけない。だらしないぬまたせいこは、いつも机の中に教科書をまるごと置いて帰る。ぼくは、放か後になると時々ぬまたせいこの机の中のお道具箱を点検した。左のお道具箱には教科書るい、右のお道具箱にはノートるいが乱ぼうにつまっている。きたなく入れるせいで、はみ出した教科書やノートがつかえてお道具箱が出なくなる。ぬまたせいこはそれも、自分じゃなくてお道具箱のせいにしてイライラする。だからそうならないように、いつもぼくがきちんと入れ直した。ある日、右のお道具箱から、ついにコウカン日記を見つけた。ぼくのコウフンはいつまでもさめなかったし、コウカン日記も、ぼくの手の中でいつまでもフルえていた。

星子《せいこ》ちゃん、ちゃんと毎日書こうって約束したのに。また星子ちゃんで止まっちゃったね。私は別に良いんだけど、こういうことは星子ちゃんが大人になってから困るんだよ。だから、星子ちゃんのために言ってるんだよ。前にも言ったけど、この交換日記、私は別にやめても良いよ。私は星子ちゃんが心配です。今のままじゃ、結婚しても良いおよめさんになれないと思います。

私は星子ちゃんに、良い大人になって、良いおよめさんになって欲しいです。

白井さんがおこってる。日付を見ると、昨日のページだ。白井さんがこんなにおこってるのにもかかわらず、ぬまたせいこはまたコウカン日記を学校にわすれた。何度も書きうつすうちに、白井さんの気持ちがぼくにうつってくる。そこにはぼくのイライラもあるから、二人のイライラが混ざった。そうすると、イライラだけじゃなくて、さみしさとか悲しさにもなった。ぼくは書きつづけた。自分のイライラを消して、白井さんのイライラだけを感じてたい。一秒でも早く白井さんになってしまいたい。そのために、何度も何度も書いた。ぬすんだコウカン日記は、ぬませいこが失くしたことになった。だらしがないぬまたせいこは、本当に自分が失くしたと思ってる。ぼくはすこしずつ白井さんをさかのぼって、すこしずつ白井さんに近づいた。じゅぎょう中、白井さんをぬすみ見て、そのフォームを研究した。書いてる時にかるく下くちびるをカミしめるクセも、すぐにマネした。まるまる一冊を暗記するころには、先生から字をほめられるようになった。そしていつしか、手に持ったえんぴつからいつもあの音が聞こえるようになった。ドッドッドッドッド。えんぴつから出た黒い線が、真っ白い紙の上で白井さんになっていく。ぼくは手紙を書いた。

星子ちゃん、この前のことはもう大丈夫だから。私も悪かったしね。でも星子ちゃんも悪いよ。二人で良いおよめさんになろうって約束したから、私は星子ちゃんが良いおよめさんになるために怒ったんだよ。私は星子ちゃんが好きです。星子ちゃんとなかよくしたいです。早く大人になって星子ちゃんの結婚式に行きたいです。そしたら、ぜったい泣きます。

星子ちゃん、本当にごめんね。

朝早くぼくが机の中に入れておいた手紙を読んで、ぬまたせいこはすぐに白井さんの席まで走って行った。そして、後ろから白井さんをだきしめた。なんにも知らず、おどろく白井さんにはムネが痛んだけど、二人がなか直りできて良かった。そしてついに、ぼくは白井さんの字を手に入れた。その日、またブンボウグ屋に行って与島君にかりたラブレターを見せたら、すこしデブのおじいさんが「レターセットか」と言ってわらった。ぼくのお母さんはブンボウグ屋に行くと言うとすぐにお金をくれる。もしもわるい人間だったら、そのお金でダガシ屋に行ったりするだろう。ぼくには人をだましてまでほしい物なんてないから、ちゃんとブンボウグ屋に行って白井モデルのハデなレターセットを買った。

　こんにちは。お元気ですか？　今日学校でセキをしていたから心配です。もしかしてカゼですか？　私は先月カゼをひいたから、もう当分ひかないと思います。だから元気です。私はカゼの時、ノドが痛くなるのがすごくイヤだから、できるだけちゃんと予防したいです。ところで、今日は●●君に伝えたいことがあってお手紙を書きました。はじめて会ってからもうだいぶ時間が過ぎましたね。いつも話しかけたいと思っているのに勇気がでません。私に話しかけられるのがイヤだったらどうしようと、いつも不安です。はじめて会った時から私は●●君のことが好きです。もしよかったら、●●君が私のことをどう思っているかが知りたいです。

だから、今度こそ話しかけてもいいですか？

私は●●君と話がしたいです！


あっ、お手紙きてる。お母さんから受け取ったのは白井モデルのあのレターセットだ。おとといポストに入れた時、不安で何度もかくにんしたから間ちがいない。ポストの穴の中はとても大きく感じた。まちがえたらもう二度とかえってこない、そんな感じだった。

ぼくは、さっそく白井さんに返事を書こうと机にすわった。そしておどろいた。ぼくは、ぼくの字が書けない。書いても書いても、ぼくの言葉は白井さんの字になって便せんにならんだ。ぼくは白井さんになった。でもその代わりに、ぼくをわすれてしまった。

ぼくはぼくとして返事を書けないから、しょうがなくまた白井さんで手紙を書くことにした。

また手紙が来てるよ。あんた、ちゃんと返事はだしたの？　お母さんはうれしそうに、ニッコリわらうその顔の高さで、白井モデルのレターセットをひらひらさせてる。

いいからその辺に置いといてよ。できるだけ無かんしんにそう言って、ぼくは自分の部屋にもどった。えんぴつの先から、またあの音がする。白井さんの言葉が紙の上にはきだされていくのを、他人ごとのように見てた。

しつこくてごめんなさい。お返事をもらえない理由を知りたいです。もしかして、●●君は私がキライですか？

私は●●君が好きです。ダメですか？

また来てる……。お母さんは心配そうな顔で、レターセットを見つめてる。あんた、返事は？　今度はもう、顔の高さでひらひらさせたりしなかった。ここまで来たらもう引きかえせない。ぼくはもうぼくじゃなくなった。そこである日、事けんがおきた。テストの時間。首をかしげた先生が、白井のテスト用紙が二枚あるんだけど、だれか知らない？　と大きな声で言った。ざわざわしてるクラスの中で、ぼくだけがジッとしていた。先生の手の中に白井さんのテスト用紙が二枚あって、ぼくのテスト用紙はどこにもない。

このままでは時間の問だいだ。早く白井さんに手紙を書いて、気持ちを伝えないといけない。それなのに、白井さんはぼくに手紙をおくりつづけた。

お母さんはもう何も言わなくなった。テーブルの上に置いてあるレターセットの中は、開けなくてもわかる。白井さんは、一通ごとに、どんどんおかしくなっていった。それでもぼくは書きつづけた。ポストに入れた手紙は、何日かすればまた家にとどいた。

私はどうしたらいいんですか？　もうわかりません。自分がわからなくなってきました。●●君、どうしよう。●●君、たすけて。

最近の白井さんの字はきたなくて色がこい。まるで、ぬまたせいこの字みたいだ。こんな字に用はない。あれだけほしかった白井さんの字が、だんだんジャマになってきた。それでもレターセットは止まらない。レターセットというより、もう、きょうはく状だった。かなしいけど、もう白井さんにはついていけない。ぼくは決めた。

私は決めました。もうこれで最後にします。だから、金よう日のほうか後に教室で待ってます。ぜったいに来てください。にげないでください。ぜったいに。にげないで。ぜったい、にげるな。

金よう日のほうか後、白井さんは必ず一週間のじゅぎょうをふく習するために居のこり勉強をする。それはみんなが知ってて、クラスでもよくその話だいがでる。その話だいになった時、先生はいつもうれしそうだ。白井さんは本当にまじめな人だ。金よう日のほうか後。ぼくは約そく通り、ほうか後の教室で白井さんに声をかけた。

とても迷わくしてるから、もう手紙を送ってくるのをやめてほしい。これ以上やるなら先生にも言わなければいけない。白井さんのためにも、ちゃんときびしく伝えた。

「だから白井さん、ごめんね」

大きな口をあけて、白井さんがぼくを見てる。まるで、知らない人にとつぜん声をかけられたみたいだ。ヨコに広がった白井さんの大きな口。ぼくはそれを見て、ゆうびんポストを思いだした。あの、ふかい穴だ。間ちがえたらもう二度とかえってこない、そんな穴だ。でも、なんどもレターセットを出したぼくは、それがちゃんとかえってくることを知ってる。だから、その穴に手をいれた。白井さんの口の中はあったかい。あの字を思いだす。でも、今思いだしたあの字はだれの字だろう。もうわからない。ぼくの手に、白井さんの大きな悲めいがぶつかる。

白井さんの悲めいは、とってもあったかい。

解説

村田沙耶香

『祐介』の解説を書きませんか、とメールを頂いたとき、作品を未読だった私は、とても光栄に思いつつも、自分でいいのだろうかと、とても悩んだ。作品を紹介するホームページを確認すると、「『祐介』が『世界観』になるまでを描いた渾身の初小説」とあり、ますます不安になった。音楽の知識がまったくない自分のような人間がきちんと作品を解説できるのかまったく自信がないまま、急いで本屋に行き作品を手に入れて一気に読んだ。

作品を読み終えて、私は自分が恥ずかしく、死にたい気持ちになった。作者がどういう人間であろうと、書かれた「作品」は「作品」ただそれだけである。この本は、ある新人の小説家の作品、ただそれだけという観点で読まれるべきだと思った。冷静に考えればどんな作品もそうあるべきだと思うし、作者が他にどんな仕事をしている人間であろうと、作品を読解する上でその事実を不用意に干渉させるべきではない。その当然のことを一瞬見失った自分をとても恥じている。そのことを、最初に謝罪しておきたいと思う。そして、新しい作家が真摯に紡いだデビュー作として、この作品を論じていきたいと思う。

この作品は、「祐介」という主人公の一人称で進んでいく。読み始めたとき、長編小説というよりも、「祐介」という主人公を軸にして彼から見える世界を切り取って並べた短編連作のような印象を受けた。彼の日常の断片を読み進めているうちに、少しずつ、「祐介」と彼が生きている世界が立体的に浮かび上がってくる構造だと感じた。

主人公の祐介がスーパーのアルバイトを始める場面からは、彼が、高校を卒業してから就職した会社をすぐに辞め、お金がなくなって水道も止まっている、かなり金銭的に追い詰められている状態であることが伝わってくる。楽器屋でギターの弦を盗む場面には「音楽の道を夢なかばで諦めた馬鹿」と店員に向けて思う描写や、「『お前、まさか本気でやってないよな？』と言ったいつかの父親の顔」「今となっては、自分でも本気なのかどうかわからない。気がついたときにはもうあともどり出来ないところまで来ていた」「こんなに細くて頼りないものに左右される自分の夢を呪う」という言葉などから、「祐介」が「夢」を追っている状態の（そこに強い意思があるというよりは、その状態に陥ったまま停滞してしまったというような）人物だということがわかる。

ライブに来てアンケートを書いてくれた女性とセックスをして、「いま現在身体の一部がつながった状態であるとは思えない程に、遠い存在に感じる」と考えたり、切符をなくしたふりをして駅員にとがめられ、住所氏名と電話番号を書かされたり、「祐介」の日常は幸福そうにはとても見えず、むしろ鬱屈《うっくつ》した怒りと無気力さに満ちている。唯一彼がはっきりと好意を示すピンサロで働く「瞳ちゃん」という女の子との場面も、救いや希望が感じられる明るい恋の描写には程遠い。彼の日常はとても苦しそうで、「夢を追っている」というよりは、「夢に追い詰められている」という言葉のほうがしっくりくる。

こう書くと、作品を未読の人は、どこか既視感のある陰鬱な青春の物語を思い浮かべてしまうかもしれない。けれど、この作品はそうしたものとは奇妙な差異があると思う。一つは、暴力的で怒りに満ちている、という言葉で終わらせることができない、ユーモアすら感じさせる不思議な観察力が、主人公の「祐介」に宿っていること。もう一つは、たとえ既存のテーマや感情でも、この作者にしかない新しい言葉でそれを描写しようとしている、独自の言葉の力で何かに届こうとしている誠実さが、随所から感じられること。この二つが、この作品を独特のものに仕上げていると思う。

「祐介」のもつ不思議な観察力は、そのまま作品の魅力になっている。物語の中で、祐介はさまざまな人物と出会う。この作品の特徴の一つに、「台詞」の巧さがあると思う。例えば、アルバイト先の多賀《たか》さんの長台詞の一部に、こんな部分がある。

「選手、音楽をやってたらさ、やっぱりメディアに出たいと思うでしょ。でも駄目だよ、あんなのは。糞だよ。（中略）そうするとさ、勘違いしちゃうんだよね。どうがんばっても自分がテレビに映るのなんて、犯罪を犯して捕まったときくらいなのにね」

また、主人公が恋するピンサロ嬢の瞳ちゃんにも、同じような長台詞の場面がある。

「ステージに出てきたばかりの大好きなバンドのメンバーに謝りたくなった。ごめんなさい、こいつら全員頭がおかしいんですって。でもしょうがないでしょ。何も無いっていうのはそういうことなんです。窓から見える田んぼの先を見てると、あの先が何かにつながってるなんて到底思えなくて、涙が出てくる。」

また、物語の後半、対バンをしたバンドのボーカリストの上田君に誘われて京都に向かい演奏をし、その打ち上げで会費を回収している女性の台詞の厭らしさは秀逸だと思う。

「二千円。とりあえず二千円出してもらって。でもカクテルを頼むんなら高くなるでしょう？　アレがいちばん迷惑だから。会計が跳ね上がるから。会計が歪むから。カクテルは本当に危険。カクテル頼んで迷惑かける位なら私は、もし私だったら、この段階で、先に、すこし多めに三千円払うけど。どうします？」

それぞれの台詞がとても巧く、特徴的で生々しく「生きて」いて、その人物の、描写されていないバックグラウンドや仕草、表情、体臭まで感じられる。二千円を回収される場面では、祐介じゃなくても、苛々で手が疼《うず》き、誰かにやみくもに暴力をふるいたいような衝動にかられた。

『祐介』が、「祐介」だけの物語ではないと感じさせるのは、こういった人物描写の生々しさも理由の一部分だと思う。祐介の内面世界だけではない、祐介が生きている場所で生きている人々の、厭らしさ、惨めさ、憎たらしさ、愛おしさ。そういったものが、この物語を「広く」していると思う。鬱屈した閉塞《へいそく》感のある主人公の目を通しているのに、なぜか作品世界が広い。「祐介」の外側にいる「どうしようもない人間たち」が立ち上がっているから、彼が感じている以上の世界を物語の中に構築させることに成功しているのだと思う。

不思議なのが、「祐介」という人物が「怒り」をたびたび口にするが、それが一般的な「怒り」とは違った佇《たたず》まいで物語の中に存在しているように感じられることだ。

最初は作者が「怒り」を冷静に分析することに成功しているからだ、と思ったが、それだけでもないように感じる。確かに、主人公の「祐介」が怒っている場面でも筆致は冷静で、言葉が暴走したり作者自身が感情的になったりという居心地の悪さは、この作品には存在しない。けれどそれに加えて、この物語を読んでいると、「怒り」に対して愛おしさのようなものを感じるのだ。

これはあくまで一読者としての私の感想で、作者にその意図はないかもしれない。けれど、この物語の中の「怒り」は単に読み手を引き摺《ず》りこんだり、共鳴させて傷つけたりするものではなく、生々しい人間から飛び出したあたたかい吐瀉物のようなのだ。物語の一番最初の章、緑色の痰を吐きだした主人公が、「どんなに汚いものでも、それが自分のなかから出てきたものだと思ったら妙な愛着が湧いてしまう」と語るが、この中の「怒り」は、その痰のような、汚くて吐きだしたけれど奇妙に愛おしさを感じさせる、そんな存在として物語に横たわっていると、私は感じた。

物語は最後、思いがけない展開を迎える。私は、祐介が裸で逃げ出し、小学生の女の子から体操服を奪って着た場面から、急に大きく時間が動き出したように感じられた。そこからのラストシーンは、物語が抱えていた「鬱屈」が脱皮したような感覚を私に与えた。

「俺がしゃべってるじゃないか。黙って座って聞け」「俺は、俺を助けてやらないと」「俺は、俺にされるがままで、ぐったりと俺に体をあずけた。」

この場面の先に、どんな物語が待っているのかわからないが、このラストは、「始まり」を感じさせた。執拗に停滞していた物語が動き出したと思った。真摯に

「言葉」を紡ぎ続けると、小説は発酵し、違うものへと変化する。そういう小説特有の「変化」をこの物語が遂げたと感じた。

「僕達、間違ってませんよね？」

小学生の男の子が発した言葉が、予言のようにしんと響く。間違っているという言葉は気味が悪く恐ろしい。けれど、正しい物語はもっと恐ろしい。そういう意味では、とても心地のいいラストだった。

この作家に、どんどん物語を紡いでほしいとおもう。物語は発酵し、破裂することで、次の物語を産む。新しい物語は人間たちの意識の向こう側の世界にもう存在していて、この作家に掘り起こされるのを待っているのではないか。私にとってはそんな予感まで感じさせる、一人の誠実な作家の「始まり」の物語だった。

（作家）

単行本　二〇一六年六月　文藝春秋刊
「字慰」書き下ろし

文春文庫

祐《ゆう》介《すけ》・字《じ》慰《い》

定価はカバーに表示してあります

2019年5月10日　第1刷

著　者　尾《お》崎《ざき》世《せ》界《かい》観《かん》
発行者　花田朋子
発行所　株式会社 文藝春秋

東京都千代田区紀尾井町 3-23　〒102-8008
TEL 03・3265・1211㈹
文藝春秋ホームページ　http://www.bunshun.co.jp

落丁、乱丁本は、お手数ですが小社製作部宛お送り下さい。送料小社負担でお取替致します。

印刷・萩原印刷　製本・加藤製本

Printed in Japan
ISBN978-4-16-791274-1

（　）内は解説者。品切の節はご容赦下さい。

あさのあつこ
ガールズ・ブルーⅡ
理穂・美咲・如月も、高校最後の夏を迎えた。周囲は進路を定めていくが、彼女達はなかなか決められない。タイムリミットが迫る中、前向きに答えを探していく。シリーズ第二弾。（白石公子）
あ-43-4

あさのあつこ
ありふれた風景画
ウリをやっていると噂される琉璃。美貌と特異な能力を備える周子。少女たちは傷つきもがきながらも懸命に生きる。十代の出会いと別れを瑞々しく描いた傑作青春小説。（吉田伸子）
あ-43-3

あさのあつこ
スポットライトをぼくらに
「僕はどんな大人になりたいんだろう」地方都市の小さな町に住む中学二年の秋庭樹には、思い描ける将来がない。幼馴染みの達彦・美鈴と共に悩み成長する姿を描いた傑作青春小説。
あ-43-19

五木寛之
金沢あかり坂
花街で育った女と、都会からやってきた男。恋と別れ、そして再会——単行本未収録「金沢あかり坂」を含む4篇が織り成す、恋と青春を描いたオリジナル短篇小説集。（山田有策）
い-1-35

伊集院　静
少年譜
多感な少年期に、誰と出会い、何を学ぶか——。大人になるために必ず通らなければならぬ道程に、優しい光をあてた少年小説集。危機の時代を生きぬくための処方箋です。（石田衣良）
い-26-16

池澤夏樹
南の島のティオ　増補版
ときどき不思議なことが起きる南の島で、つつましくも心豊かに成長する少年ティオ。小学館文学賞を受賞した連作短篇集に「海の向こうに帰った兵士たち」を加えた増補版。（神沢利子）
い-30-2

石田衣良
池袋ウエストゲートパーク
刺す少年、消える少女、潰し合うギャング団……命がけのストリートを軽やかに疾走する若者たちの現在を、クールに鮮烈に描いた人気シリーズ第一弾。表題作など全四篇収録。（池上冬樹）
い-47-1

（　）内は解説者。品切の節はご容赦下さい。

石田衣良
ＰＲＩＤＥ　――プライド
池袋ウエストゲートパークＸ
四人組の暴行魔を探してほしい――ちぎれたネックレスを下げた美女の依頼で、マコトはあるホームレス自立支援組織を調べ始める。ＩＷＧＰシリーズ第1期完結10巻目！　（杉江松恋）
い-47-18

石田衣良
憎悪のパレード
池袋ウエストゲートパークⅪ
ＩＷＧＰ第二シーズン開幕！　変容していく池袋、でもあの男たちは変わらない。脱法ドラッグ、ヘイトスピーチ……続発するトラブルを巡り、マコトやタカシが躍動する。　（安田浩一）
い-47-21

石田衣良
キング誕生
池袋ウエストゲートパーク青春篇
高校時代のタカシにはたったひとりの兄タケルがいた。戦国状態の池袋でタカシが兄の仇を討ち、氷のキングになるまでの書き下ろし長編。初めて明かされるシリーズの原点。　（辻村深月）
い-47-20

石田衣良
うつくしい子ども
九歳の少女が殺された。犯人は僕の弟！　なぜ、殺したんだろう。十三歳の弟の心の深部と真実を求め、兄は調査を始める。少年の孤独な闘いと成長を描く感動のミステリー。　（村上貴史）
い-47-2

石田衣良
シューカツ！
一人の女子大生がマスコミ志望の男女七人の仲間たちで「シューカツプロジェクト」を発動した。目標は難関、マスコミ就職！若者たちの葛藤、恋愛、苦闘を描く正統派青春小説。　（森　健）
い-47-15

大崎　梢
夏のくじら
大学進学で高知にやって来た篤史はよさこい祭りに誘われる。初恋の人を探すために参加するも、個性的なチームの面々や踊りの練習に戸惑うばかり。憧れの彼女はどこに!?　（大森　望）
お-58-1

（　）内は解説者。品切の節はご容赦下さい。

瀬尾まいこ
戸村飯店 青春100連発
大阪下町の中華料理店で育った兄弟は見た目も違えば性格も全く違う。人生の岐路にたつ二人が東京と大阪で自分を見つめ直す。温かな笑いに満ちた坪田譲治文学賞受賞の傑作青春小説。

せ-8-2

津村記久子
エヴリシング・フロウズ
ヒロシは、背は低め、勉強は苦手。唯一の取り柄の絵を描くことも最近は情熱を失っている。それでも友人たちのため「事件」に立ち向かう。少年の一年を描く傑作青春小説。（石川忠司）
つ-21-2

南木佳士
医学生
新設間もない秋田大学医学部に、不安を抱えて集まった医学生たちは、解剖や外来実習や恋や妊娠にあたふたしながら生き方を探る。そして彼らの十五年後。軽やかに綴る永遠の青春小説。

な-26-4

那須正幹
ぼくらは海へ
船作りを思い立った少年たち。冒険への憧れが彼らを駆り立てる。さまざまな妨害と、衝撃のラスト。児童文学の巨匠・那須正幹が、かつて少年だったすべての大人に贈る物語。（あさのあつこ）
な-63-1

橋本　紡
半分の月がのぼる空（全四冊）
高校生・裕一は入院先で難病の美少女・里香に出会う。読書好きで無類のワガママの彼女に振り回される日々。『聖地巡礼』を生んだ青春小説の金字塔、新イラストで登場。（飯田一史）
は-42-2

羽田圭介
ミート・ザ・ビート
東京から電車で一時間の街。受験勉強とバイトに明け暮れる予備校生の日常は、中古車ホンダ「ビート」を手に入れてから変わって行く。芥川賞作家の資質を鮮やかに示した青春群像小説。

は-48-1